반드시
다시
돌아온다

박하령 장편소설

비룡소

차례

1.

악마의 편지

지금부터의 내 이야기는 믿고 싶은 사람만 들어 주길 바란다. 모두는 무리다. 그만큼 내 이야기가 상식적이지 않다는 말이다. 우리 반 1등인 내 짝 진유도 대번에 그랬다. "뻥까지 마."라고. 완전 꼴등은 아니지만 꼴등에 가까운 나조차도 처음에 그랬다. 나 스스로에게 '이건 뻥일 거야.' 하고 외쳤을 정도니까. 고로 이건 성적이나 지능 등등의 것과는 별 상관 없이, 아무튼 그 누구도 쉽게 믿기 힘든 이야기다.

결론부터 이야기하자면 악마의 편지를 봤다. 악마가 피시방에 흘리고 간 걸 내가 발견했다. 물론 악마가 나를 겨냥하고 두고 간 건 절대 아니다. 수신인이 따로 있었으니까. 하지만 내가 그걸 주웠고 펴 봤다. 그리고 읽는 순간 졸지에 내 것이 되어 버렸다. 난 악마들의 세계를 몰라서 백 프로 장담은 못하지만, 내가 알기로 걔네들의 편지는 무조건 읽는 놈이 임자가 된다. 왜냐, 그 편지를 읽는 순간 그 안의 모든 내용들이 내 머릿속에 입력되었고 그 즉시 편지 속의 활자들은 조용히 가루가 되어 날아가 버려 흔적조차 없어졌으니까.

바로 이 대목에서 진유는 "놀고 계시네."라고 비아냥거렸다. 그럴 만도 하다. 가루가 되어 날아갔다는 건 물증이 없단 소리니까. 하지만 엄청난 증거가 내 머릿속에 남아 있는데 왜 그걸 못 믿겠다는 건지 모르겠다. 난 내 머릿속에 입력된 주문을 외워 보았다.

"우시락스 바락스 스텐푸아 카당스."

내 주문을 듣고 진유는 침을 튀기며 웃었다.

"야! 정하돈, 그게 주문이라고? 좋아. 그럼, 나도 외워 보지. 파리락스 그락스 아리푸아 코렝스."

비슷한 운율로 따라 한다고 그게 주문이 되지 않는다는 걸 모를 리 없건만, 진유는 어깨를 들썩이며 따라 한다. 난 보란 듯이 세 개의 주문을 연거푸 중얼거렸다. 빠른 소리로. 그러자 진유 역시 내 주문에 답가를 하듯 따라 왼다. 바로 그 자리에서 내가 한 걸 제법 비슷하게 흉내 내다니…… 난 차라리 그게 더 신기하다.

"하지만 네 건 주문이 아니라, 내 말을 따라 하는 거잖아."

"그래? 그럼 다시 외워 봐."

그래서 난 또다시 좀 전의 그 긴 주문들을 다시 외워 보았다. 그랬건만 진유는 감탄은커녕 여전히 비아냥거렸다.

"꼴통이 애썼네. 그거 외울 시간에 영어 단어나 외지."

서진유, 쟤 의외로 머리가 나쁘다. 난 앞서도 말했듯이 공부를 지지리도 못한다. 그만큼 암기력이 떨어진다는 소리다. 고로 난 악마의 편지 속에 적혀 있던 그 황당무계한 주문들을 외울 능력이 없다. 의미도 없는 이상한 말들의 조합을 내가 어떻게 다 외우겠는가. 돈을 받고 하는 거라면 또 몰라도. 그리고 내가 뻥을 치거나 장난을 할 거면 몸을 쓰거나 간단한 거짓말을 하지, 뭣 때문에 그렇게 골 아프게 암기까지 하겠느냔 말이다. 암튼 그 긴 주문을 내가 줄줄 다 외운다는 건 악마의 편지가 존재한다는 확실한 증거다. 왜 그걸 유추를 못하는 건지 정말 안타깝다. 공부 좀 한다는 애들은 역시 창의력이 부족하다. 아니지, 유추까지는 하는데 상상력이 뒷받침이 안 돼서일까? 아니면 어쩜 창의력까지는 있는데 상상의 나래를 타고 다닐 시간적 정신적 여유가 없어서일지도 모른다. 상상의 나래라는 것 자체를 시답잖은 거라고 생각할 테니. 자칭 전도양양한 기대주라는 명문대 학생인 우리 누나 정하선 양도 늘 그런다. 내가 어쩌다 상상의 결과물을 늘어놓으면 바로 구박 내지는 욕질이다.

"이 똘빡아! 그 쓰잘데기 없고 시답잖은 말 좀 제발 하지 말라고."

그런 의미에서 세상은 공평하다. 진유나 하선 양 같은 부류의 인간들은 앞길은 양양할지 모르나 대신 나 같은 애들이 탈 수 있는 상상의 나래는 못 타 볼 테니까 인생의 잔재미는 전혀 모르는 셈이다. 그들이 시답잖다고 생각하는 그 나래가 얼마나 재미있고 스릴 있는지 죽어도 모를 거다. 맛을 봤어야 그 맛을 알지. 부자들이 모처럼 꺼내 입은 옷 주머니 속에서 천 원짜리 한 장을 발견할 때의 찌릿함을 절대 모르는 거랑 비슷하다.

하지만 그래도 진유 정도 되니까 이만큼이라도 내 이야기를 들어 준 거다. 내 게임 절친인 한수나 수완, 우람이 같은 애들은 내 입에서 '악마의 편지'란 말이 나오기가 무섭게 무식하게 욕만 뱉어 내서 그 뒷이야기는 아예 꺼내 보지도 못했다. 한마디로 그놈들은 리스닝 할 자세가 안 되어 있다. 하긴 입장 바꿔 놓았다면 나라도 그랬을 거다. 악마의 편지라니? 구라의 냄새가 독해도 너무 독하다.

"그래서 편지 내용이 뭔데? 주문은 어디에 쓰는 거고?"

진유가 더 물었지만 난 입을 닫았다. 믿지도 않을 이야기를 더 들려준다는 건 악마에 대한 예의가 아니다. 어차피 악마의 사적인 편지니까. 입을 닫으니 진유가 본격적으로 비난한다.

"하긴 거짓말도 머리가 좋아야 치는 거니까."

맞다. 난 거짓말을 할 능력이 안 된다. 고로 내 머릿속에 자리잡은 악마의 편지는 거짓일 수가 없다. 나도 나름 수없이 회의를 해 봤다. 혹시 내 머릿속 편지의 내용이 내가 만들어 낸 창작품이 아닐까 하고. 하지만 그럴 리가 없다. 그 내용은 내 창작 능력 밖의 것들인 데다 주문은 아까도 말했듯이 결코 쉽게 외워질 수 있는 어휘의 조합들이 아니다.

악마의 편지는 '사랑하는 아낙스'로 시작하는 로콜프란 악마의 연애편지였다. 내용은 조금 유치했다. 아니, 솔직히 톡 까놓고 말하자면 악마의 편지는 찌질함의 극치였다. '아낙스, 너의 매력이 뭔 줄 아니?' 이런 식의 예찬이 시작되나 싶더니만 급반전해서 '너를 사랑하기 때문에 해서는 안 될 일을 하고 있다'며 '이런 나 자신이 이해가 안 간다'는 식의 자책을 주저리주저리 늘어놓다가 급기야 마지막 부분에는 '목숨 걸고 천기누설을 하니 부디 내 맘을 알아 달라', '주문을 알아내기 위해 내가 얼마나 고생을 했는지 상상도 못할 거다'라며 생색을 한껏 내고는 밑에 뜻 모를 문장 몇 줄을 적어 놓았다. 그래서 그게 주문인지 알았다. 물론 무엇에 쓰는 주문인지는 전혀 안 나와 있었지만.

달달한 사랑 고백이 아니라 시종일관 생색을 내는 게 주된 내용이라 찌질해 보이긴 했지만, 한편으론 그래서 로콜프란 악마의 진심이 읽히기도 했다. 사랑 초보자 특유의 어눌함은 작위적으로 만들 수 없는 것이기 때문이다. 적어도 바람둥이는 아닌 게 확실했다. 악마가 사랑을 위해 목숨을 내놓다니 좀 반전 있어 보였다. 게다가 추신에는 로콜프의 절절함이 담겼는데 초딩 느낌이 나서 귀엽기까지 했다.

'아낙스, 부디 시간 맞춰 귀환해 주길 부디부디부디부디부디부디 부……디. 주문까지 누설한 내 맘을 잘 받아 주길 제발제발제발제발제발 제……발.'

'부디'와 '제발'이란 말을 끝도 없이 쓴 대목을 봤을 땐 가슴이 약간 뭉글해 울컥할 뻔했다. 악마답지 않아서다. 원래 뭐든 '답지' 않을 때 제일 그럴싸해 보이는 법이다. 학생이 학생답지 않을 때, 선생님이 선생님답지 않을 때 제일 멋있다. 난 의외성에 매력을 느낀다. 그래서 난 여자답지 않은 보이시한 성격의 여자애들을 좋아한다. 그리고 보이시해 보이는 여자애가 어쩌다 앙탈에 가까운 애교를 부리면 더 매력적이다. 한마디로 난 앞뒤가 안 맞는 걸 좋아한다.

언젠가 나의 이런 취향을 누나한테 살짝 말한 적이 있었는데 누나는 그건 내가 일탈을 꿈꾸는 나이이기 때문이라고 해석했다. 재수 없다. 나의 독특한 개인적 특성을 어느 연령대의 일반적인 기질로 몰아 버리다니. 이런 식의 안일한 자세는 정말 맘에 안 든다. 아무튼 악마가 비굴 용어인 '제발'을 자그마치 여섯 번이나 썼다는 건 정말 획기적인 일이다. 이런 표현이 맞는 건지 헷갈리지만 정말 인간적인 악마다.

"완전 찌질하네."

유치원 동창 은비는 진유와 달리 내 말을 듣고는 바로 믿어 주었다. 의심? 은비는 그런 건 안 키우나 보다. 역시 은비다. 이건 신은비라서 가능한 일이다. 비교적 독특한 캐릭터니까. 그래도 혹시나 하는 맘에 물어보았다.

"누가?"

"그 악마 말야. 편지를 흘리고 다녀서 네가 주웠다며?"

"그렇지. 근데 넌 그걸 믿어?"

"네가 주웠다며? 아니야?"

"아니, 아니지 않아. 사실이야."

갑자기 숨이 가빠 온다. 나를 턱없이 믿어 준다는 게 벅차고 감사해서. 이제야 이 이야기를 온전하게 털어놓을 데를 찾다니……. 기쁜 마음에 은비를 부둥켜안고 싶을 지경이었지만 간신히 참았다. 은비는 매사에 오버 하는 스타일이라 조심해야 한다. 얼마 전에도 놀이터에서 웬 남녀가 지나치게 밀착해서는 붕어 입들을 하고 있길래 내가 뭐라고 투덜대니까 대뜸 "너 지금 부러운 거지?"라고 하더니 황당한 이야기를 했다.

"난 거절이야. 부럽다고 덜컥 아무나 하고 입을 맞추는 건 신성한 첫 키스를 오염시키는 일이니까, 첫 키스는 참았다가 꼭 사랑하는 사람하고 해!"

"야! 뭐 그렇게 순식간에 진도를 빼냐! 네 오버는 알아줘야 돼."

"이런 건 오버가 아니라 혜안이라고 하는 거야. 네 속이 다 보인다고."

은비는 1을 얘기하면 1에서 10까지 다 짚어 가며 이런저런 잔소리를 한다는 점에서 우리 누나와 닮은 구석이 많다. 하지만 은비의 이야기는 전혀 듣기 싫지 않다는 점에서 누나와 많이 다르다. 은비가 '다 보인다'며 떠들어 대는 것들 중엔 내 숨통을 조이는 게 별로 없기 때문이다. 실제로 은비는 많은 걸 본다. 내가 미처 깨닫지 못한 것, 듣고 나면 무릎을 칠 만한 기발한 이야기들. 그래서 은비의 말을 비교적 재미나게 듣지만 때론 조심해야 한다. 넘칠 때가 많으니까. 사실 이건 일급비밀에 속할 만한 이야기지만 기왕 나온 거니 털어놓겠다. 은비의 별명은 두 개인데 하나는 지나치게 조숙하다고 해서 붙여진 '애어른'이고, 다른 하나는 '사냥개'인데 한번 물면 놓지 않는다고 해서 학교 애들이 붙인 별명이란다. 그만큼 질긴 구석이 있단 소리다. 사실은 그러한 기질 때문에 은비는 결국 학교를 관두고 홈스쿨링을 하고 있다. '사냥개'란 별명은 은비의 트라우마와 연결되어 있어서 함부로 입에 올리면 안 된다.

"그래서 어쩔 건데?"

"어쩌다니?"

"천사도 아니고 악마라며, 남의 편지를 중간에 가로챈 건데 뒤탈이 없을까?"

"가로채긴? 누가 가로챘다는 거야?"

"네 머릿속으로 들어가서 흔적도 없어졌다며? 그럼 그게 그 거지 뭐!"

"그게 은근 뒷골을 꼬집긴 해."

솔직히 어떤 일이 일어날지도 모른다는 막연한 공포심이 나를 약간 긴장시켰다. 평상시 난 웬만해서는 쫄지 않는 스타일이다. 혼나는 데도 나름 이력이 붙어서일 거다. 하지만 악마들의 생리는 내가 전혀 모르기 때문에 앞으로 어떤 일에 휘말리게 될지 전혀 예측할 수 없다는 점이 불안했다. 은비가 그런 나의 걱정을 말끔히 씻겨 주었다.

"근데 그쪽에서 흘린 거니까 너한테 뭐랄 수는 없을걸? 그 편지를 펼치면 사라질 거라는 걸 알고 열어 본 것도 아니고, 어쨌거나 편지가 네 머릿속에 입력된 게 네 잘못은 아니잖아."

"그렇지? 그러니까 내가 쫄 필요는 없는 거야."

"그리고 결정적으로 쫄 필요가 없는 이유가 하나 있어."

"뭔데?"

"로콜프란 악마가 여기 없다는 거지."

"어떻게 알아?"

"걔가 마지막에 그렇게 썼다며. 부디 시간 맞춰 귀환해 달라고. 그 말은 편지 쓴 애가 어딘가로 가면서 남은 애한테 빨리 돌아오란 소리 아니겠어? 고로 편지를 쓴 악마는 여기 없을 확률이 높지."

"그럴까?"

"암튼 넌 쫄 필요는 없을 듯해."

"그냥 잊어버리면 되나?"

"응. 대신 도의적인 책임 정도는 남겠다. 본의 아니게 너 때문에 연애편지가 중간에 증발되었잖아. 게다가 '제발'을 여섯 번이나 썼다며?"

"어. 연애편지라 마음에 걸리네."

"그렇다면 여자 악마를 찾아."

"뭐?"

"찾아서 전해 줘. 네가 우체부가 되는 거지."

대박! 이건 은비만이 내릴 수 있는 결론이다. 은비에게 말하기 정말 잘했다는 생각이 든다. 사실 진유한테 처음으로 털어놓은 건 걔가 똑똑하니까 뭔가 이성적인 해결책을 제시해 줄 거란 기대감에서였다. 하지만 역시 이런 문제는 이성적이고 뭐고가 중요한 게 아니라, 사실을 마음으로 온전히 받아들일 줄 아는 게 최고란 생각이 든다. 솔직히 나로선 죽었다 깨어나도 못 할 생각이다. 인간인 내 쪽에서 감히 악마를 찾겠다고 들다니?

"근데 어떻게 찾아?"

"뭐, 피시방에 편지를 흘렸다면 걔가 피시방에 들락거릴 확률이 높은 게 아닐까? 뭐 아닐 수도 있지만."

나는 피시방 분실함에 편지를 남기기로 했다. 지금으로선 그 방법밖에 달리 할 게 없으니까. 편지봉투엔 큰 글씨로 '아낙스에게'라고 쓰고 발신인을 '로콜프'라고 썼다. 그리고 안에는 내 휴대폰 번호만 남겼다. 틀림없이 호기심 내지 장난 삼아 남의 것을 열어 보는 애들이 있을 것 같아서 일부러 내용은 적지 않았다. 로콜프를 아는 아낙스라면 연락을 할 테니까.

하지만 분실함을 찾자 재수생처럼 보이는 알바가 짧게 이야기해도 될 것을 굳이 길게 말한다. 말이란 걸 하고 싶었나 보다.

"분실함? 여긴 그딴 거 안 키워. 흘려 봤자 이어폰 나부랭이거나 옷 정도인데……. 그리고 찾아가지도 않아. 요즘 애들은 아쉬운 게 없거든. 자기 물건에 대한 최소한의 애착, 그딴 것도 없는 거지. 뭐든지 소모품이라고만 생각하는 건지……. 근데 뭔데? 이 형한테 맡겨."

내 보기엔 자기 역시 많아 봐야 이십 대 초반으로 보이건만 시종일관 요즘 애들을 자신과 분리시켜서 이야기한다.

"아니…… 편지인데……."

"뭐? 편지?"

편지란 말에 알바는 화들짝 놀랐다. 그러고는 바로 내 손에서 편지를 낚아채 겉봉투를 눈으로 스캔했다.

"로콜프? 연애편지야? 와! 요즘 이딴 거 하는 인간도 있나?

네 거냐?"

"아니요. 그게 사실은…… 로콜프란 애가 여기다 편지를 흘려서……."

"워워, 남이 흘린 걸 찾아 주시겠다? 요즘 보기 드물게 착한 놈이네. 좋아."

알바는 A4용지에 '아낙스, 로콜프 편지 찾아가라.'라고 써서는 피시방 유리문 손잡이 옆에 붙였다. 비교적 오지랖이 넓은 편인 것 같았다. 요즘 보기 드문 알바다.

"사장님 보시면 잔소리 끓어 부을 테니 내가 있는 시간 동안만 붙여 놓을게. 대신 딱 일주일이다. 그동안 안 찾아가면 걔들은 인연이 아닌 거지."

그렇게 일주일이 지났지만 아무런 소식은 없었다. 알바 형 말대로 걔들은 인연이 아니라고 생각하니 더 이상 미련도 남지 않았다. 그렇게 그 일은 끝났다고 생각했다. 그런데 금요일 밤, 누군가 나를 찾아왔다.

늦은 밤, 집 앞 놀이터에서 줄넘기를 하고 있었다. 난 절대 자발적으로 운동을 하지 않는다. 내가 운동을 할 때는 백이면 백 누나의 잔소리를 피하기 위한 건데 주로 게임을 하다 들켰을 때 벌로 줄넘기를 한다. 우리의 하선 양은 '건전한 육체에 건전한 정신이 있다'란 말을 무척 신뢰하는 편이라, 불건전한 게임에 빠진 나를 세척하는 방법은 운동뿐이라 생각하고 나에게 강요한다. 전엔 운동을 몸과 마음으로 즐겼건만, 이제 내게 벌이 된 운동은 더 이상 즐길 수 있는 무엇이 아닌 게 되어 버렸다. 운동도 공부처럼 이제는 즐길 수 없는 무엇이 되어 강 건너로 갔다. 강 건너에 모여 있는 것들은 의외로 많다. 운동, 공부, 독서, 목욕, 청소 등등. 가만히 되짚어 보면 주로 타인에 의해 내 자유가 빼앗기는 순간, 그것들은 내게 등을 돌리며 강 건너로 가게 되는 것 같다.

오늘은 누나가 분명 늦는다고 해서 맘 편하게 거실에서 게임을 하고 있었다. 그런데 예상을 뒤엎고 누나가 현관문을 벌컥 열고 들어왔다. 하선 양이 거짓말로 나를 유인하는 얍삽한 성격은 절대 아닌데, 요샌 이런 방법도 쓴다. 완전 실망이다. 누나는 한 차례 소리를 지르고도 화가 안 풀린 건지 세수하고 나와서는 또 다시 잔소리 공격을 해 댈 조짐을 보였다. 그래서 잽싸게 줄넘기를 들고 튀어나온 거였다.

한참을 뛰는데 건너편 어둠 속에서 반짝하는 불빛이 보였다. 불빛의 크기나 색깔을 볼 때 담뱃불이 분명하다고 생각할 즈음 그쪽에서 내 이름을 불렀다.

"정하돈!"

어둠 속에서 나온 사람은 정말 의외의 인물이었다.

"어? 서진유!"

"달밤에 체조는 왜 하냐?"

"그냥."

그러곤 별 말이 없었다. 우린 짝이기만 할 뿐, 서로에 대해 아는 바도 없고 감정의 교집합을 이룬 찰나의 기억도 전혀 없다. 쉬는 시간에도 책을 들여다보고 있는 진유 때문에 늘 내가 투명인간이 된 듯한 느낌을 받곤 했으니까. 그런데 얘가 왜 지금 내 옆에 와 있는 걸까? 쉽게 답을 낼 수 없는 질문을 가슴에 품고 있자니 하품이 나오려고 했다. 그때 진유가 입을 열었다.

"야! 너 왜 아무 말도 안 해?"

"어? 무슨 말?"

"여기 온 용건이 뭐냐라든가, 나 찾아온 거냐라든가…… 뭔 말이 있어야 할 거 아냐?"

완전 시비조다. 평상시의 진유와는 다른 분위기인 게 맘에 든다. 그러고 보니 진유에게서 언뜻 술 냄새가 나는 것도 같다.

"근데…… 좀 전에 저기서 불빛을 반짝이던 게 혹시 너냐?"

"어."

갑자기 진유에게 무장해제가 된다. 난 약간 키득대며 말했다.

"너답지 않네."

"나답지 않은 게 뭔데?"

"그건 네가 알잖냐."

"……."

서진유는 우리 반 전체가 인정하는 모범생이다. 공부는 물론 하복 티셔츠조차도 단추를 풀어 입지 않을 정도로 단정한 차림에 행동거지 역시 흐트러진 데가 없는 애다. 어쩌자고 반듯하기만 한 건지 딱할 정도였다. 그런데 숨어서 담배를 피우다니? 의외다.

"근데…… 너 설마 날 만나러 일부러 온 거야?"

"응."

"왜? 혹시 나한테 부탁할 게 있는 거야?"

"부탁이라기보다는…… 아니다!"

진유는 차마 입이 안 떨어진다는 듯한 묘한 표정을 지으며 벌떡 일어나 가방을 멨다. 그냥 보낼 수도 있었지만, 호기심이 발동했다. 저렇게 규격에 맞지 않는 애매한 표정을 짓는 진유는 처음 본다. 게다가 늘 습관적으로 팔목의 시계를 보던 애가 오늘은 웬일로 시계조차 안 차고 있다.

"혹시…… 너 나한테 '반 평균 까먹는 일 좀 하지 마라.' 이딴 재수 없는 부탁을 하러 온 거냐?"

그럴 리 절대 없단 걸 알지만, 일부러 괜한 말을 던져 보았다. 일종의 미끼다. 진유는 미친 듯이 자기 공부만 하는 캐릭터이지, 반 평균까지 신경을 쓰는 오지랖과는 아니니까. 아닌 게 아니라 진유는 가려다 말고 내 말에 어이없다는 듯이 다시 앉았다. 그럴 줄 알았다. 이 정도로 순발력과 응용력을 발휘하는 걸 보면 난 절대 머리가 나쁜 애는 아니다. 암기력만 떨어질 뿐.

"정하돈, 네 눈에도 내가 재수 없어 보이니?"

"그건 아닌데……. 왜, 누가 그래?"

"누가 그래서가 아니라, 난 내가 진짜 재수 없어."

웬 자책을 저리 심하게 하나? 진유의 낯선 행동에 영 적응이 안 돼서 진유의 얼굴을 봤다. 헌데 어둠 속에 파묻힌 진유의 눈동자가 물기에 젖은 듯이 촉촉했다. 달빛에 반사된 무엇이라고 착각하기 힘들 정도의 물기가 눈가에 흥건했다. 난 놀라 진유 가까이로 얼굴을 들이댔다.

"너 우냐?"

내 말에 포문이 열린 듯 진유는 아예 대 놓고 눈물을 닦았다. 애처럼 팔꿈치로 눈을 비비고 콧물을 바지에 연신 문대는 진유를 보자 마음이 짠해 오면서 동시에 가슴속 저 안에서부터 뭔지 모를 간지러움이 스멀거리는 게 느껴졌다. 쾌감이라기엔 조금 약하고 즐거움이라고 이름 붙이기엔 부적절한 무엇. 맞다! 늘 진유 앞에 서면 느껴지던 열패감이 사라지고 그 빈자리를 채운 감정은 묘한 안도감이었다.

'그렇지. 인생에 공부가 전부가 아니거든!'

하지만 무슨 말을 해야 할지는 도통 모르겠다. 그렇다고 가만히 있으면 진유가 무안해할 것 같아 난 마음에도 없는 말을 했다. 일종의 접대용 발언이랄까?

"나도 내가 재수 없어."

"어떤 점이?"

"그게…… 그냥."

"그냥이 어디 있어? 근거가 있을 거 아냐. 어떤 점이 재수가 없는지……."

이런! 되묻다니……. 게다가 나보고 근거까지 대란다. 공부 잘하는 놈들의 특징 중 하나다. 그냥 하는 말도 꼭 짚고 넘어가겠다고 달려든다. 난 이래서 공부 잘하는 애들이 싫다. 얘네들은 빈말이란 개념이 없나 보다. 아무 소득 없는 공상이나, 큰 의미는 없지만 그냥 서로 좋자고 하는 인사말이나, 멍 때리며 시간 때우기, 이유 없이 건네는 따뜻한 말, 웃음 등과 같은 것들은 얘네들의 취급 품목이 아닌 게지. 세상에 '그냥'이 왜 없다는 거지?

"어…… 그게 난 뭐……."

솔직히 난 스스로를 재수 없다고 생각해 본 적이 한 번도 없다. 하선 양 왈, '넌 너 자신이 단점이 없다고 생각하는 게 최대의 단점이야.' 이렇게 이야기할 정도로 난 나 자신에 대해 최대한 긍정하는 편이다. 그렇다고 내가 심각한 자뻑 증세가 있는 건 절대 아니고, 그냥 나 자신하고 잘 지내고 싶어서 스스로를 좋게 봐주는 것뿐이다. 물론 게임 폐인인 게 약간 문제란 생각은 하지만, 그건 양이 넘치는 부분에서 문제가 있을 뿐 게임을 하는 것 자체는 문제가 안 된다고 생각한다. 어른들이 즐겁기 위해 술도 마시고 친구도 만나고 노래방도 가듯이 나 역시 즐겁기 위해 게임을 하는 것뿐이다. 누군가 그랬다. 인간은 누구나 행복할 권리를 갖고 있다고. 난 행복하고 싶어서 게임을 한다. 그러므로 그 일로 자기 자신에게까지 삿대질하고 싶은 맘은 추호도 없다. 지적질은 주변 사람들한테 듣는 것만으로도 충분하다. 난 대화의 방향을 급선회한다.

"그건 그렇고…… 너, 용건이 뭔데?"

단호한 내 어투에 진유도 갑자기 자세를 바꾼다. 시계도 안 찬 팔목을 습관적으로 한번 보더니 시계의 흔적을 손으로 쓸어내린다. 허리를 곧추세우는 폼이 용건을 바로 털어놓을 기세다. 역시 난 머리가 좋다. 헌데 뒤에 이어진 진유의 말은 정말 상상밖이었다. 숨이 턱 막힐 만큼.

"악마의 주문이 필요해. 나한테 넘겨줘."

"뭐?"

2.

아낙스의 등장

"그래서?"

"뭐…… 그래서랄 게 있냐?"

"진유란 애, 대체 무슨 짓을 하고 싶어서 주문을 달라는 걸까?"

"그건 나도 모르지. 하지만 뭔가 절실해 보이긴 했는데……."

"범생이라면 뻔하지 않겠어? 성적 조작이라도 하고 싶은 걸까? 하여간 웃겨."

난 은비와 생각이 달랐다. 진유가 아주 진취적이고도 기발하다고 생각을 했다. 어디에 쓰고 말고는 이차적인 문제이고, 난 그 주문을 줄줄 외면서도 내가 쓸 수 있다고는 전혀 상상조차 못 했으니까. 은비가 아낙스를 찾으라고 말했을 때만큼 신선했다.

은비나 진유, 둘 다 발상의 전환을 할 줄 아는 애들이다. 하지만 한편으론 진유가 측은한 마음도 들었다. 그 밤에 친하지도 않은 나한테 와서 악마의 주문을 달라고 할 정도면 진유에게 뭔가 절박한 사정이 있을 테니까.

그러나 난 진유에게 조금의 내색도 안 했다. 단지 사실만을 담담하게 전달했다.

"주문을 외우고는 있지만, 어디에 쓰는 건진 나도 전혀 몰라. 편지에 그딴 건 안 적혀 있었거든."

내 말을 듣고 진유는 진심으로 실망하는 모습이었다.

"그러니까 네 말은…… 답지만 있고 문제지가 없다는 거네?"

"그렇다고 볼 수 있지."

"김샜네."

김빠진 콜라 같은 밍밍한 표정으로 허공을 응시하는 진유의 얼굴엔 희망이 완전히 사라져 있었다. 그래서 나는 확신했다. 진유는 내가 말한 악마의 편지를 믿는 게 분명하다고.

"결과적으로 넌 내 말이 뻥이 아니라고 생각한 거네?"

은비가 믿어 주었을 때와는 질적으로 조금 다른 기쁨이 와 닿았다. 왠지 공신력 있는 기관의 도장이 박힌 증명서를 손에 쥔 기분이랄까? 대답 없는 진유를 향해 난 다시 한번 다그쳤다.

"그런 거지? 맞지?"

"그랬으면 좋겠단 마음이 들었을 뿐이야."

"그건 뭔 소리야?"

"진짜이길 바라는 마음으로 온 거라고."

"진짜라니까!"

"진짜면 뭐하냐고! 어디에 쓰는 주문인지도 모른다며."

"그건 그렇지만……."

그렇게 진유가 돌아가고 난 뒤 나는 처음으로 그 주문이 어디에 쓰이는 건지가 궁금해지기 시작했다. 그래서 다시 아낙스를 찾아야겠다고 생각하고는 그런 내 생각을 은비에게 고했다.

"그러니까 이번엔 주문 때문에 악마를 찾겠단 소리야?"

"어."

"아서라. 다친다."

"다친다니?"

"호기심 때문에 골로 간 애들 많아. 조심해. 게다가 상대는 악마인데 그 주문을 쓴다는 게 위험하지 않겠어?"

"위험하면 안 쓰면 되는 거지 뭐."

"그게 될까? 화장실 들어가기 전이랑 후가 다르단 말 몰라? 알고 난 뒤에 안 쓴다는 게 쉬운 일이겠냐?"

"그럴려나? 어, 갑자기 머리가 복잡해지네."

내가 뒷머리를 긁어 대자 은비가 내 뒤통수를 치며 일침을 놓았다.

"됐고! 복잡해질 필요 한 개도 없어. 그 모든 건 그 악마를 찾는다는 전제 하에 가능한 일인데 솔직히 어디서 찾겠니?"

"하긴."

은비에게 말은 그렇게 했지만 그래도 마음속으로는 찾고자 하면 찾을지도 모른다는 생각이 막연히 들었다. 그랬는데……. 어처구니없게도 그다음 날 거짓말처럼 아낙스와 마주쳤다. 전혀 생각지도 못한 곳에서.

다음 날은 아침 등굣길부터 일이 꼬이기 시작했다. 늘 그날이 그날 같던 나의 일상이 한꺼번에 반란을 일으키기로 작정한 것처럼 말이다. 빨아서 널어 둔 내 운동화를 베란다 화분대에서 꺼내려다 한 짝을 아래로 떨어뜨렸다. 다행히 우리 집은 아파트 3층이라 내려다보니 길가에 운동화가 무사히 안착해 있는 게 보였다. 그래서 한쪽만 신고 가방을 메고 한 발로 폴짝이며 내려갔는데 가서 보니 운동화는 흔적도 없었다. 헐! 그 사이에 누가 냉큼 주워 간 건가? 학교에 늦을까 봐 다른 신발이라도 던지라고 아래층에서 목청껏 '하선 누나'를 불러 댔지만 내다보지 않았다. 전화도 했건만 역시 받지 않았다. 하긴 이 시간에 하선 양이 깨어 있을 리 만무하다. 무슨 대학생이 그리 공부할 게 많은지 하선 양은 늘 날밤을 새운다. 대학생의 생활이 저렇게 고된 거라면 굳이 대학을 갈 필요가 있나 회의가 들 정도다. 하지만 하선 양의 고딩 시절이 나와 달랐으니 나의 대학 시절은 하선 양과 다를 수 있단 생각을 하면 딱히 비관적으로만 생각할 필요는 없을 듯하다. 결국 성격 탓이 아닐까? 아무튼 난 할 수 없이 다시 외발뛰기로 집으로 들어갔고 그러다 보니 매일 타는 시각의 마을버스를 놓치고 말았다.

그 버스를 놓치면 지각을 하게 되는 거라 잠시 마음이 흔들렸다. 월요일 지각은 다른 날과는 아주 다르다. 우리 담임은 월요일이 한 주의 시작이라는 데 큰 의미를 두는 타입이라 월요일 지각은 절대 용서하지 않는다. 고로 월요일에 지각한 아이들은 반드시 아침 자습시간에 운동장 청소를 해야 한다. 물론 난 청소 정도는 흔쾌히 받아들일 수 있다. 다만 그렇게 되면 1교시 영어 단어 시험을 통과 못 하는 비극적인 결과가 벌어진다. 어젯밤에 영어 단어를 하나도 못 외웠기 때문이다. 어제 은비와 헤어지고 들어온 뒤 주문을 써 대는 이런저런 상상을 다양한 버전으로 하느라 밤 시간을 홀랑 날렸다. 그래도 아침 자습시간에 단어를 외워야지 하고 나름 치밀하게 계획해 놓았는데 버스를 놓쳤으니 단어 시험에 통과 못 하는 건 불 보듯 뻔한 거 아니겠는가. 이번 주 단어 시험에 통과를 못 하면 난 삼진아웃에 걸려서 부모님을 모셔 와야 한다. 다시 말해 지난 두 주 동안 통과를 못 했단 이야기다. 대략 난감이다.

부모님을 모셔 오는 일에 있어서 우리 집은 다른 집과 약간 다른 문제가 있다. 굳이 이야기를 하자면 우리 엄마는 새엄마다. 새

신발, 새 휴대폰, 새 친구……. 뭐든 새 자가 앞에 붙으면 새로워서 좋은데 새엄마는 조금 달랐다. 그렇다고 나쁘단 이야기를 하는 건 아니다. 그냥 조금 익숙해지기 힘든 부분이 있다는 소리다.

초등학교 5학년 때 엄마가 돌아가신 뒤 우리는 누나와 아빠 이렇게 셋이서만 살았다. 그러다 중3 때 아빠가 재혼을 한다고 처음 말했을 때 난 기뻤다. 엄마가 생긴다는 사실 그 자체만으로도 좋았다. 뭐랄까? 뭔가 내게 결핍된 부분을 채우는 기분이랄까? 학교에서나 아니면 주변 사람들이 '엄마' 소리를 할 때마다 왠지 가슴 한 켠이 늘 뜨끔했다. 그건 돌아가신 엄마에 대한 그리움 때문이 아니다. 그냥 대외적으로 내게 뭔가 부족한 부분이 분명하게 드러나 있는 게 싫었다. 체육 시간에 다 입고 있는 체육복을 나만 안 입고 있을 때 느껴지는 결핍감과 비슷한 느낌이랄까? 그래서 새엄마가 생긴다는 게 좋았다. 새 자가 붙긴 했지만 어차피 엄마는 엄마니까. 그리고 새엄마의 반대말을 헌엄마라고 생각하면 그리 나쁠 것도 없었다. 처음 새엄마를 만나던 날, 난 주저 없이 내 생각을 말했다.

"없던 엄마가 생겨서 저는 참 좋아요."

내 말을 들은 새엄마는 방끗 웃어 주었다. 보조개 속으로 쏙 하고 미끄러져 버리는 듯한 새엄마의 상큼한 미소를 보고 있자니 갑자기 내 맘도 환해졌다. 뭔가 새로운 세계가 열리는 기분이 들었다. 그랬는데, 새엄마의 대답은 이상하게 내 마음에 걸렸다.

가로걸린 빗장처럼 턱하고 내 가슴에 얹혀졌다.

"하돈 군이 그렇게 말해 주니 정말 고맙네요."

새엄마는 우리 이름 뒤에 꼬박꼬박 '군'과 '양'을 붙이고 계속 존댓말을 썼다. 뭐 누구나 첫 만남엔 존댓말을 쓰니까, 다음부터는 안 그러시겠지 생각했는데 새엄마는 그러지 않았다. 그 뒤로도 새엄마는 존댓말을 했고 '하선 양'과 '하돈 군'이란 호칭도 줄기차게 계속되었다. 뭔가 껄끄러운 이물질이 계속 우리 사이에 버티고 서 있는 것 같아서 도저히 새엄마와 가까워질 수가 없었다. '군'과 같은 아류의 진지하게 생긴 존댓말 병사들이 일렬로 서서 나를 가로막고 있었다. '어이 학생, 저만큼 떨어져!' 때론 새엄마가 강 건너에 서서 나를 약 올리는 것 같은 기분까지 들었다. '메롱! 가까이 못 오지롱!' 나만 그렇게 생각한 건 아닌 모양인지, 어느 날 누나가 그 이야기를 아빠에게 진지하게 했다. 그러자 아빠 왈, '그건 새엄마가 넘지 못하는 벽'이라며 이해해 달라고 하셨다. 새엄마는 아빠와 달리 줄곧 아가씨로만 살아왔기 때문이란다.

새엄마가 넘지 못하는 벽은 그게 전부가 아니라서 마침내 우리는 따로 살게 되었다. 골목 하나를 사이에 두고 엄마 아빠의 집과 나와 누나가 사는 집이 나뉘었다. 한집에 살게 되면 새엄마의 벽도 깨부수고 존댓말 병사들도 내쫓을 수 있을 거라고 야심차게 품었던 나의 희망은 슬그머니 주머니 속에 감춰야 했다. 1안

이 안 되면 2안으로 사는 방법도 있는 거라고 아빠는 애써 태연한 척 말했고, 하선 양은 네 사람 모두한테 좋은 게 2안이기 때문에 그게 최선이라고 응대했다. 그래서 '나도 좋다'며 약간 방정맞은 자세로 물개 박수까지 쳤다. 그랬더니 아빠는 아주 흡족해 했다. 물론 나중에 누나한테 '웬 오버냐'며 구박은 받았지만, 돈이 없어서 아빠 결혼 선물도 못 드렸는데 난 나름 괜찮은 선물을 드린 것 같아 뿌듯했다.

새엄마는 벽은 잘 못 넘지만 문을 통과하는 데엔 별 문제가 없기 때문에 일주일에 한두 번씩은 우리 집에 와서 우리에게 필요한 것들을 챙겨 준다. 물론 하선 양이 되고 난 뒤 초고속으로 철이 든 누나가 모든 걸 다 알아서 하는 편이라 크게 할 일은 없지만 말이다. 그리고 아빠는 새엄마보다 더 자주 집에 들러 이것저것 필요한 것들을 공수해 주고 틈틈이 '들어도 그만, 안 들어도 그만'인 아빠표 잔소리를 늘어놓고 간다. 그리고 주말이면 특별한 일이 없는 한 온 가족이 다 같이 외식을 하는 걸 원칙으로 세워 놓았다. 물론 특별한 일이 자주 생기는 게 조금 문제이긴 하지만.

이젠 익숙해져서 이렇게 사는 게 아주 편하다. 부모님이 외출한 집이 주는 평화로움과 자유로움을 난 24시간 누릴 수 있으니까. 게다가 웹 디자이너로 일하는 새엄마는 여러모로 내게 잘 해준다. 늘 상냥하고 보조개도 자주 선보이며 특별 용돈도 섭섭지 않게 주는 편이다. 새엄마인지 전혀 모르는 친구들은 나를 엄청 부러워한다. 고로 나로선 대외적으로 부족한 게 하나도 없다. 하지만 새엄마는 여전히 나를 '하돈 군'이라고 부르기 때문에 난 '하돈 군' 이외의 행동은 할 수가 없다. 예를 들면 뭔가를 사 달라고 떼를 쓴다든지, 힘들다고 투정을 부린다든지, 나를 괴롭히는 놈을 일러바친다든지, 혹은 명예롭지 않은 일로 엄마를 학교로 불러들여야 하는 일을 만든다든지 하는 일들은 절대 할 수 없다. 여기까지가 내가 부모님을 학교로 모셔 오기 불편한 이유다.

난 마을버스 정류장에 앉아 최선을 다해 머리를 굴렸다. 데굴데굴……. 지각이 불러일으킬 삼진아웃을 피할 수 있는 방법, 일명 삼피방에 대해서. 그러다 기발한 아이디어가 떠올랐다. '오! 마이 알레르기.' 역시 궁하면 통한다. 누나가 내 전화를 안 받았다는 걸 빌미 삼아 난 마음 편하게 학교 반대쪽으로 가는 버스를 탔다. 나는 알레르기가 있어서 가끔 급성 기관지염이 생기곤 하는데 그럴 때면 참을 수 없을 만큼 기침이 심해져서 바로 약을 먹어야 한다. 특히 봄철엔 그 증세가 잦기 때문에 자주 찾는 병원이 있다. 전략상 난 지금 그곳에 가야 한다.

병원에 들렀다 가면 영어 시간은 끝났을 테고 애석하게도 난 오늘 영어 시험을 못 치르게 된다. 그렇담 삼진아웃은 자동으로 미뤄질 것이다. 나중에 누나한테는 전화를 했었는데 안 받아서 그냥 갔다고 둘러대면 된다. 아팠다는데 그걸 다그치거나 야단

칠 만큼 야박한 하선 양은 아니니까. 새삼 또 나 자신에게 뿌듯해진다. 이 정도의 알리바이를 만들 줄 안다는 건 내가 결코 머리 나쁜 애가 아니란 증거니까. 언젠가 인터넷에서 본 적이 있는데 머리 좋은 애들이 거짓말도 잘한다고 쓰여 있었다. 맞는 말이라고 생각한다. 일단 난 담임에게 문자부터 보냈다.

병원은 9시가 넘어야 열기 때문에 고맙게도 시간이 남았다. 이럴 때 우리가 길 수 있는 곳은 24시간 영업하는 패스트푸드점 아니면 피시방이다. 난 아무 갈등 없이 피시방으로 간다. 몸의 갈증보다는 정신의 갈증을 채우는 일이 우선이니까. 주머니에 딸랑 밥값만 남아 있을 때도 난 늘 피시방을 우선순위로 둔다. 배를 채우고 나면 게임이 하고 싶어지지만, 게임을 하고 있을 때면 배고픔도 잊게 된다. 고로 피시방을 우선순위로 두는 게 여러모로 남는 장사다. 물론 화장실에 들러 교복 상의는 벗어 가방에 넣었다. 교복을 입고 있으면 꼭 한마디씩 하는 주인들이 있다. 어차피 그럴싸한 대답들로 둘러댈 거라는 걸 뻔히 알면서도 묻는다. 결국 우리를 위한 질문이 아니라, 피시방 주인들을 위한 최소한의 책임 면피용 질문인 거다. 그러므로 그분들을 위해 땡땡이 중에는 교복은 안 입고 가 주는 게 최소한의 예의다.

등받이가 높은 피시방 의자에 앉으니 안락함에 온몸의 긴장이 스르르 풀리는 기분이다. 하루의 일과를 성공적으로 마친 사람이 욕조에 들어가 앉을 때 느끼는 기분이랄까? 뭔가를 이루어

놓은 상태는 아니지만 어딘가에 안착한 기분이라고 이해하면 되겠다. 활주로를 달리기 직전의 준비된 비행기 같다고 하면 좀 오버일까? 의자를 책상 쪽으로 적당히 당긴 뒤 몸을 약간 앞으로 빼서 책상 위에 팔까지 걸치면 책상 옆 칸막이가 나를 폭 감싸 주는 느낌이 든다. 이쯤 되면 난 엄마 뱃속의 아기가 된 기분이 들어 나도 모르게 '피시방 책상은 책상이 아니라 과학'이란 문구를 머릿속에 띄운다. 적의 눈에 쉽게 띄지 않을 안락한 요새 같은 이곳에서 탄창을 갈아 끼우며 전의를 다지고 있자니 쾌적하기 그지없다.

컴퓨터의 전원을 켰다. 부팅 화면이 지나가고 로그인 창이 뜨자마자 빠르게 리그 오브 레전드에 접속했다. 지축을 울리는 듯한 배경음악, 그리고 등장하는 게임 속 캐릭터. 전장에 나가는 용감한 장수의 기분이 바로 이럴까. 내가 절대자가 된 듯한 으쓱함과 쾌락의 끝에 달하는 느낌이 감정의 촉수에 흥건하게 고인다. 캐릭터와 일체가 된 내 발걸음은 깃털처럼 가볍고 마음은 들뜬다. 일단 한 판 하기 직전에는 콜라를 마셔야 한다. 그래야 눈과 손에 피가 돈다. 모니터 속 주문 창을 켜고 콜라를 주문한 후, 바로 랭크 게임을 시작했다.

어떤 놈들이 같은 팀이 될까, 어떤 포지션이 잡힐까. 대기열이 도는 순간 수많은 생각을 하게 된다. 결국엔 픽이 잡혔다. 다섯 명이서 수많은 토의를 거친 후에 나는 내가 늘 가는 자리, 늘 하는 캐릭터를 선택했다. 게임이 시작되고, 잠시의 대기창이 지나가고 소환사의 협곡에 들어왔다. "소환사의 협곡에 오신 것을 환영합니다."라는 기계음이 내 귀를 때리는 순간, 나는 아이템을 사고 정글로 달렸다. 탭을 눌러 상대편을 확인해 보는데 아낙스 라는 아이디가 눈에 띄었다. 어라? 아낙스라니? 물론 별의별 아이디가 다 있기에 아낙스란 아이디도 있을 법하지만 그래도 묘하게 신경이 쓰였다. 난 장난치듯 말을 걸었다.

- 유 노 로콜프?

답이 없었다. 난 내친 김에 마구잡이로 일방적으로 질문을 날렸다.

- 혹시…… 너 진짜 아낙스? 아님 아낙스 짭?
  귀환 못 한 악마?
  야, 너 로콜프 진짜 모르냐?

솔직히 아낙스가 게임을 하고 있을 거란 생각은 추호도 없었다. 무슨 악마가 게임을 하고 있겠냐 말이다. 그래도 이런저런 떡밥을 날리고 뿌리는 건 혹시 아낙스에 대해 아는 누군가가 얻어걸릴지도 모른단 생각과 한편으론 아낙스란 존재에 대해 이런 식으로라도 털어놓고 싶은 마음에서였다. 이발사가 답답한 마음에 땅을 파고 그 안에 대고 "임금님 귀는 당나귀 귀."라고 외쳐댔듯이 말이다. 뭐! 어차피 이곳은 익명으로 통하는 곳이니까.

그러자 잠시 뒤, 답이 왔다.

- 로콜프가 악마?
- 오키. 아낙스도 로콜프도 악마.
- 뭔 헛소리?
- 헛소리 아님.
- 어디서 들음?
- 뭘?
- 악마들 얘기.
- 로콜프란 악마가 쓴 편지를 봤으니까.
- 구라.
- 구라 아님.
- 편지 보여 줄 수 있음?
- 없음.
- 역시 개뻥!
- 뻥 아님. 왜냐, 걔네 편지는 읽는 순간 내 머리에만 남고 없어짐.

이 대목에서 욕이 바글바글 터지겠구나 했는데, 어랍쇼?

- 레알? 대박이네.

예상을 빗나간 반응에 상대가 초딩인 것 같아 약간 김이 빠졌다.

- 놀랍지?
- 어. 증거 함 대 봐.
- 좋아. 주문을 하나 외워 보지. 우시락스 바락스 스텐푸아 카당스.

뭐하는 주문이냐고 묻겠지? 모른다고 하면 또 뺑이라고 할 테고. 이런 생각을 할 즈음 이번에도 상대는 의외의 질문을 했다.

- 너 자신 있냐?
- 뭔 소리?
- 나 만날 자신 있냐고.
- 뭔 소리?
- 난 짭이 아니야. 진짜 아낙스라고.
- 네가 악마? ㅋㅋㅋ

◆ 어.

◆ 개소리.

내가 헛소리를 한다고 이런 식으로 우회적으로 엿 먹이려 드는 걸 보니 상대는 초딩이 아니라 대학생 정도는 되는 것 같다. 학교까지 빼먹은 귀한 시간에 이 무슨 쓸데없는 짓인가 싶어 새삼 회의가 밀려왔다. 그때,

◆ 정하돈! 날 만날 자신 있냐구!

헉! 내 이름을 알다니? 어떻게? 머리가 쭈뼛 서면서 나도 모르게 화면 뒤로 몸을 뺐다. 감전이라도 된 듯이 발작하며 뒤로 튕겨져 나온 나를 옆자리 남자가 놀라서 힐끗 바라봤다. 난 머리채를 흔들어 대며 이성을 찾으려 애썼다. '상대는 온라인에 있으니 촌스럽게 놀라지 말자.' 이렇게 나를 다독이며 다시 자판을 쳤다.

◆ 누가 그래? 내가 정하돈이라고?

◆ 운동화 한짝 떨어뜨리고 삼진아웃에 걸리는 게 무서워서 병원 핑계 대고 피시방에 와서 게임 중이잖아.

순간 온몸에 소름이 쫙 돋았다. 벌떡 일어나 도망치려다 문득 머릿속에 한 가지 생각이 떠올랐다.

'아! 혹시…… 정하선 양?'

운동화까지 언급하면서 내 뒤를 캘 수 있는 사람은 누나밖에 없다. 아깐 자고 있는 척했지만 사실은 내가 외발뛰기로 내려간 걸 다 보고 있었을지도 모른다. 은근 약았으니까. 그리고 그 뒷내용은 나름 유추를 했을 테고. 헐! 이젠 게임 속에서 날 잡겠단 심보일지도. 하지만 이건 어디까지나 차라리 누나이길 바라는 마음이 애써서 만드는 억지 생각일 뿐이다. 게임 속에서 나를 아는 누군가를 마주칠 확률은 거의 제로니까. 난 공포심에 지금 말도 안 되는 누나의 알리바이를 만들었던 거다. 그러자 상대가 더 이상 애쓰지 말라고 도와준다.

- 네 누나는 지금 자고 있어.

헉! 난 입 밖으로 아무 소리도 내뱉지 않았고 물론 자판도 치지 않았다. 그런데 어떻게? 그렇담 상대는 내 마음속까지 읽는 건가? 이건 누나가 아닌 게 분명해지는 것과 동시에 상대는 예사로운 인물이 아니라는 증거이고, 그렇다면 진짜 아낙스일지도 모른다. 아니, 재 말대로 짭이 아닌 진짜 악마 아낙스다.

그 순간, 난 기절하는 시늉을 했다. 최대한 적극적으로 의사표현을 하고 싶었다. 내가 얼마나 약한 사람인지를, 악마와 대화를 나누기엔 역량이 절대적으로 부족한 허약 체질임을 강조하고자 기절을 선보였다. 물론 가짜지만. 자판이 얼굴에 찍히지 않게 하기 위해 슬쩍 옆으로 누워 눈을 감고 혀를 빼야 하는 건지 말아야 하는 건지를 잠시 고민했다. 아! 정말……. 진짜 기절을 하고 싶은데 그건 내 의지로만 되는 게 아니다. 의지로 안 되는 건 그것만이 아니어서 내 두 다리는 의자 위에서 사시나무 떨 듯 춤을 추었다. 너무너무 무서워서 오금이 저려 온다. 진짜 악마라니! 이론과 실제가 다르다는 이야기는 그간 살면서 숱하게 들었지만 이렇게 몸소 체험해 보기는 처음이다.

난 자발적으로 아낙스를 찾겠다고 내 휴대폰 번호를 남기기까지 했던 인물이지만, 그건 은비의 색다른 발상에 엮여 엉겁결에 한 행동이었다. 실제로 악마를 만난다는 것에 대해서는 구체적으로 생각해 본 적도 없었고, 절대 만날 수 없으리라는 확신이 내 안 저 어딘가에 있었기 때문에 호기롭게 한 행동일 거다. 왜 그런 거 있지 않은가? '전쟁이 나면 제일 앞에 나가서 싸울 거예요.' 내지는 '우주 괴물이 나타나면 세계 평화를 위해 앞서서 용감하게 무찔러야죠.' 이딴 얘기는 다들 하고 살지 않던가? 그런 아류일 것이다.

그런데 진짜 이렇게 만나게 되다니……. 황당하다 못해 암담할 따름이다. 내게 아낙스를 찾으라고 권했던 은비가 원망스럽기만 하다. 하긴 걔도 이런 현실이 존재할 줄 알았다면 그런 말을 선불리 떠들어 대진 않았겠지. 난 초딩 때부터 이런저런 상상을 하면서 악마든 천사든 귀신이든 좀비든 슈퍼맨이든 만나기만 하면 내가 할 대사나 행동들을 떠올려 보곤 했지만, 그건 모두 다 머릿속에서만 가능한 일이었다. 지금의 내 머릿속 두뇌 공장은 일시정지 상태다. 아니, 거의 무뇌아 상태다. 꿩은 적을 만나면 도망치지 않고 자기 머리만 볏짚에 파묻는단다. '내 눈에만 안 보이면 끝!'이란 식의 꿩의 멍청한 행동을 전엔 비웃었지만, 지금 나는 꿩의 심정을 오백 프로 지지한다. 그래서 난 기절하는 시늉이라도 해 보이는 거다.

'난 자신이 없어. 널 만나고 싶지도 않고 가능하다면 그 편지를 읽기 전으로 돌아가고 싶은 맘뿐이야.'

아낙스란 악마가 내 맘을 읽을 테니 이 정도로 내 의사 표현을 하면 조용히 사라져 주겠지. 난 그렇게 믿기로 작정했다. 아니, 난 그렇게 믿어 의심치 않는다고 마음속으로 반복해서 말했다. 내게 자신이 있냐고 물어봤다는 건 내 의사를 존중할 작정이란 이야기겠지.

'내 앞에 나타나지 마. 제발! 제발! 제발! 곱하기 오천만.'

기절 모드로 엎어져 있는 와중에도 힐끗 시계를 보니 어느덧 병원에 가야 할 시간이었다. 지금으로서 무섭기로는 악마가 첫 번째이지만 현실 또한 만만치 않으니 일단 병원에 가기 위해 조심스레 몸을 일으켰다. 무엇보다 이 컴퓨터 앞을 얼른 떠나고 싶은 마음이 굴뚝같았다. '굿바이'라고 아낙스에게 인사라도 하고 로그아웃을 해야 하나 잠시 망설이다가 그냥 내뺐다.

후들거리는 다리로 간신히 병원에 갔다. 의사 선생님은 알레르기 증상이 아니라 감기 몸살인 것 같다며 약을 처방해 주었다. 간호사 누나는 심드렁한 목소리로 "학교 제출용 필요하지?" 하며 알아서 진단서까지 주었다. 역시 단골이 좋긴 좋다.

오후 수업은 어떻게 보냈는지 기억조차 없다. 마지막이 사탐 시간이었던 건 기억나는데 나머지는 아무것도 기억이 안 난다. 다만 내 머릿속엔 내내 한 문장만 다리를 쫙 벌린 채 버티고 서 있었다.

'왓 캔 아이 두!'

'어떡하지?'보다 덜 비굴해 보이는 표현이라 난 늘 잉글리시 버전을 쓴다. 아낙스에게 분명하게 의사 표현을 했으니 다시는 안 나타날 거라고 믿어 보지만 불안감을 떨쳐 버릴 수가 없었다. 만약 내 앞에 나타나면 어떻게 한단 말인가? 경찰에 신고할 수도 없고 그렇다고 누나에게 의논하거나 강 건너 새엄마나 새엄마 남편에게 이야기할 수도 없다. 믿어 주지도 않을 이야기를 해서 괜히 모두의 진을 뺄 필요는 없으니까. 아니, 세 사람의 진만 빠지는 게 아니라 내가 삼인분의 욕도 먹을 게 뻔하다. 상상해 보는 것만으로도 쇳소리가 섞인 누나의 목소리가 내 귀에 들리는 듯하다.

'또! 또! 공부하기 싫으니까 잔머리 이단 옆차기로 굴려서 뭉개진 헛소리하고 자빠졌네.'

그나마 이 이야기를 편하게 의논할 수 있는 제일 유력한 후보는 은비인데 하필이면 지금 없었다. 은비는 반년 전부터 학교를 지퇴하고 홈스쿨링을 하고 있어 틈틈이 집을 비웠다. 지금은 강원도 친척집에 가 있다. 그렇담 진유가 남았는데, 어라? 그러고 보니 진유가 안 보인다. 얼마나 정신이 나가 있었는지 그 사실도 지금에서야 깨달았다. 옆 줄 호섭에게 물어보니 진유는 오늘 결석했단다. 늘 분 단위로 시간을 쪼개 쓰는 애가 땡땡이 치느라 결석했을 리는 없고, 아마 또 무슨 경시대회 같은 데 나갔을 테지. 하지만 그날 밤 놀이터에서의 진유의 구겨진 얼굴이 떠올라 맘이 쓰이긴 한다. 그래 봤자 지금은 내 코가 석자라 진유 생각은 잠깐 스치듯 하다가 말았다.

아무튼 오늘 같은 날 야자까지 다 한다는 건 뭐랄까, 좀 어울리지 않는 일이란 생각이 들었다. 이런 특수한 상황엔 특이한 일상이 있어 줘야 한다. 그래서 난 담임에게 말했다. 내일을 위해 오늘은 이만 들어가 쉬겠다고. 그러자 담임도 흔쾌히 동의해 주었다. 얼굴색이 안 좋다는 말까지 보태 주면서. 고마운 샘이다. 덕분에 난 홀가분하게 학교를 나섰고 홀가분한 김에 늘 그렇듯이 학교 앞 피시방으로 향했다. 아침의 악몽이 떠올라 약간 주눅이 들긴 했지만, 아침의 악몽을 잊기 위해서라도 나를 위한 위로 내지는 보상을 해 줘야 한다고 합리화를 했다. 아닌 게 아니라 걱정 때문에 내 머릿속은 너저분해져 있었다. 걱정이 내 머릿속 구석구석을 온통 다 헤집어 놓았기 때문이다. 걱정의 생리는 원래 그렇다. 절대 한 가지로 멈추는 법이 없다. 걱정은 기억의 쪽방, 이 방 저 방을 다 열어서 온갖 부정적인 기억들을 다 끄집어낸다. 걱정은 늘 단체행동을 한다.

이럴 때 머릿속을 정화시키는 방법은 하나다. 순도 높은 게임의 세계로 들어서는 일. 게임을 안 해 본 사람은 절대 모르겠지만 그 세계에 들어서면 누구도 간섭할 수 없는 무한의 세계에 들어선 기분이 든다. 내가 절대자가 되는 듯한 느낌이 들면서 몸과 마음은 비상할 품새를 취한다. 천상에서 발을 떼고 어딘가로 날아가 모두를 잊고 나 자신조차도 잊게 되는 완벽한 몰입의 순간. 엄마가 돌아가셨을 때도, 엄마가 그리울 때도, 어디로 가야 할지 무엇을 해야 할지 길을 잘 모를 때도, 시험 공부의 중압감이 너무 버거워 미칠 것 같을 때도 난 나를 잊기 위해 게임의 세계로 들어갔다. 물론 들어간 길에서 반드시 나와야 하고 나올 때면 묵직한 자책감이 들기는 하지만, 당장 즉흥적으로 나를 잊게 해 주는 세계라 선뜻 발을 내밀게 된다. 결국 나를 바라보기가 힘들 때 난 나를 잊기 위한 일을 하는 것 같다.

피시방 문을 열자 늘 나를 반갑게 맞아 주는 알바 형이 웃는다. 이젠 가족 같은 기분이 들 정도다. 헌데 무슨 조화인지 빈자리가 하나도 없었다. 옆 학교 개교기념일이라서 그렇다고 조금만 기다리란다. 시간이 아까워서 길 건너 지하 피시방으로 가려고 나서는데 알바 형이 굳이 따라 나오더니 비보를 전했다.

"걔 왔었다."

"네?"

"아낙스 말야. 네가 맡긴 봉투 줬어."

난 너무 놀라서 하마터면 형한테 숫자로 된 욕을 할 뻔했다.

"아 씨……! 인연이 아니라더니…… 왜요!"

내 반응에 형은 약간 놀란 눈치였다. 하긴 남의 마음속도 읽는 악마인데 내 휴대폰 번호가 적힌 편지를 줬다고 해서 알바 형에게 분풀이할 일은 아니지만 그래도 진짜 화가 나서 주먹질이라도 하고 싶었다. 휴! 잠시 후 나는 가까스로 마음을 진정시키고 불쾌해진 얼굴로 물어보았다.

"언제요?"

"방금. 자리 없다고 그냥 나가던데?"

난 집으로 내빼기 위해 피시방에서 도망치듯이 튀어나왔다. 아낙스에 대한 기억을 털어내려고 피시방에 온 건데…… 기어코 이쪽으로 와서 얼쩡거리다니……. '재수 없는 악마.'라고 뇌까리며 마을버스 정류장으로 갔다.

출발 지점이 전철역이라 늘 사람을 가득 담고 나서야 출발하는 버스인데 오늘은 웬일로 한 자리가 비어 있었다. 그것도 창가 쪽으로. 난 앉자마자 속이 부글거려 창문을 활짝 열었다. 그러자 통로 쪽에 앉은 웬 여자애가 손가락을 까딱이며 창문을 닫으란 표시를 강하게 했다. 얼핏 봐도 중딩에 불과할 여자애이건만 고삐리인 내게 건방지기 짝이 없는 행동을 하다니! 심기가 불편했지만 난 평화주의자인 데다 뭐든 '좋은 게 좋은 거다'가 내 인생의 모토여서 봐주기로 했다. 그랬는데 이번에는 그 중딩 같은 여자애가 내 팔 끝을 살짝 건드렸다. 채근하는 의미다. 불이 나오는 입김이라도 뿜어 주고 싶을 정도로 열 받았지만 난 또 참았다. 그래도 완전 무시하는 건 옳은 일이 아닌 듯싶어 살짝 5미리 정도만 닫는 시늉을 했다. 그런데 이 여자애가 또 나를 쳤다. 난 참다 못 해 전쟁이라도 해야겠다 싶어서 눈을 째리면서 그 애를 바라봤는데…… 헉! 그 여자애 무릎 위에 놓인 가방에서 삐져나온 낯익은 편지 봉투가 먼저 내 눈에 확 들어왔다. 두두둥! 어디선가 엄청난 배경음이라도 들릴 듯한 순간, 의식을 집중해서 초점을 맞추고 다시 보니 그건 바로 내가 손수 쓴 '아낙스에게'란 글씨가 적힌 봉투였다. 너무 놀라 입이 저절로 벌어지면서 동시에 머릿속은 하얘졌다.

그 와중에도 생존 본능은 살아 있기에 일단 잽싸게 창문을 닫았다. 그리고 또 한 번 꿩의 자세를 취한다. 눈을 감고 잠을 청한다. 청한다고 순순히 오는 만만한 잠이 아니란 걸 알지만 난 한다. '피할 수 있을 때까지 피하자'가 나의 행동 지침이므로. 고로 난 나 자신조차도 잘 속인다. 지난 학기 현장학습 때 시내로 가는 전철을 탔을 때 소매치기를 보고도 난 못 봤다고 나한테 박박 우겼다. 우기는 내가 '이러면 안 되는 거 아냐?' 하는 또 다른 나를 이겨 먹었다. 난 지금도 옆자리 여자애의 가방에서 아낙스라고 쓰인 편지봉투를 본 적이 없고 그냥 단지 졸려서 자는 것뿐이라고 내 머리에 정보를 보낸다. 버스 안내 방송은 '9단지 앞'이라고 시끄럽게 떠들어 댔지만, 난 잠들었으니까 내릴 수가 없다. 여기서 두 정거장만 더 가면 종점이라 강제로 내려야 하겠지만 난 그때까지라도 버틸 것이다.

'다음은 나리 유치원 앞.'

내가 비록 잠들었으나 옆자리가 시원해지는 게 느껴졌다. 난 예민한 편이니까. 내 옆자리의 그 거만한 중딩 여자애가 내린 게 분명했다. 하지만 버스가 움직일 때까지 눈을 뜨지 않는다. 팔을 옆으로 툭 떨어뜨려 보자, 옆자리가 빈 게 확실하게 느껴졌다. 난 눈을 반짝 떴다. 그리고 가자미눈을 해서는 최대한 고개를 돌리지 않은 채로 밖을 보았다. 총총거리며 걸어가는 거만한 중딩의 실루엣이 내 눈에 잡혔다.

'예스!'

속으로 쾌재를 불렀다. 나의 우직하고 성실한 개김에 찬사를 보내고 싶다. 짝짝짝! 박수까지. 하지만 기쁨은 잠깐, 곧이어 자괴감이 밀려온다. 이거…… 혹시…… 괜히 쫀 거 아냐?

맞다. 괜한 헛발질을 한 걸지도. 어쩌면 내가 잘못 본 걸지도 모른다. 신경을 쓰다 보니 헛것을 봤겠지. 저렇게 쪼그마한 여자애가 아낙스라는 악마일 리가 없지 않은가? 아까 허둥지둥 창문을 닫을 때의 내 모습이 떠오르면서 갑자기 약이 올랐다. 우씨! 스타일 완전 구겼네.

다음에 마을버스에서 그 중딩을 보면 반드시 발이라도 밟아줘야겠다고 결심하면서 내 구겨진 자존심을 달랬다. 그때 휴대폰에서 문자 알람이 울렸다.

- 눈을 감는다고 내가 없어지지는 않아.

전혀 모르는 번호이지만 절대 누구인지 모를 수가 없는 내용이었다.

헉! 미치겠다 꾀꼬리!!

3.

정면 박치기

하나, 둘, 셋, 넷, 다섯을 세자, 예상대로 방문이 벌컥 열렸다. 난 팔굽혀펴기를 하다 말고 잽싸게 슬라이딩하듯이 침대 위로 뻗었다. 하선 양은 외출복 차림에 어깨에 노트북 가방까지 멘 채로 들어와 걱정스러운 표정을 지으며 다짜고짜 내 이마를 짚었다.

"으……. 식은땀 난 거 봐. 몸이 뜨겁네. 얼굴도 핼쑥하고……. 너 진짜 괜찮아?"

"어……. 어제 샘이 감기 기운 있다고 약 먹고 푹 쉬면 낫는댔어."

"그래. 일단 쉬어. 누난 스터디 모임이라 나가야 해."

"어."

"딴짓거리 하지 말고 쉬어!"

"딴짓 할 기운도 없어."

"그러게. 열까지 나서 어쩌니?"

잰 동작으로 팔굽혀펴기를 백 회 이상 했으니 열과 땀이 날 수밖에. 암튼 일단 무사 통과가 되어서 다행이다. 괜한 의심으로 한번 추궁하기 시작하면 절대 쉽게 끝낼 누나가 아닌데 오늘은 웬일로 쉬웠다. 누나가 나가고 난 뒤 거울을 보니 아닌 게 아니라 얼굴이 핼쑥해 보였다. 내가 백 프로 거짓말을 한 것만은 아니라는 정당화에 죄책감이 덜해진다. 나도 최소한의 양심은 있어서 조퇴나 땡땡이는 쳐도 정말 결석만은 하고 싶지 않았다. 어쩌다가 내가 이런 신세가 된 건지 딱할 따름이다. 사실 오늘은 야자가 없는 날이라 애들끼리 피시방에서 배틀을 하기로 했다. 컵라면으로 저녁을 때우고 티어를 확실하게 올릴 수 있는 좋은 기회인데……. 본의 아니게 이렇게 집에 갇혀 있게 되다니 안타깝기 짝이 없다.

한숨을 쉬고 있는데 한수가 톡을 날렸다. 한숨 쉬는데 한수가 연락하다니……. 묘하게 어울리는 조합이다.

- 야, 너 뭐냐?
- 감기.
- 구라 아님?

동급생끼리의 동질감 차원에서 구라임을 솔직하게 고백하면 이놈들은 장난을 빙자해서 선생님한테 까발리는 경우가 더러 있다. 그러니 함부로 진실을 누설하면 안 된다. 세상엔 믿을 놈이 그리 많지 않다.

- 노노. 개 열남.
- 니들 땜시 취침 불가라 열 받음.

내 뒷자리에 앉은 한수는 수업 시간이면 늘 내 등을 기둥 삼아 머리를 박고 잔다. 그러니 지금쯤 내 빈자리를 그 누구보다도 심하게 느끼고 있을 것이다.

- 근데 니들이라니?
- 네 짝이랑 너, 세트로 결석함.

어? 진유는 어제도 결석했는데? 뭔 일이지? 궁금하기도 하면서 동시에 진유 역시 나처럼 집에 있을 거란 생각을 하니 은근한 유대감이 생긴다. 그래서 부담 없이 진유에게 톡을 날렸다. 평상시에 톡을 하는 사이는 아니지만 그래도 얼마 전에 나름 친교를 쌓았단 생각이 들어서 편하게 안부를 물었다. 난 명예를 추구한달지 아님 공부 잘하는 애라면 넙작 엎드리는 그런 종류의 속물은 절대 아니지만, 이상하게 요새 진유랑 가까워진 것에 묘한 뿌듯함을 느낀다. 뭔지 모르겠다. 진유에 대한 호감도가 상승해서일까? 아님 본능적이고도 인간적인 끌림? 어쩌면 내 마음 깊은 곳엔 나의 이 암담한 처지를 공유하면서 의지하고 싶은 마음이 있었을지도 모른다. 여튼, 진유가 내 톡을 봤는지 바로 숫자가 지워졌다. 하지만 답은 없었다. 하긴 진유로선 씹는 게 극히 자연스러운 일일 거다. 나처럼 놀면서 학교에 안 갔을 리는 없으니까.

휴대폰을 내려놓으려다 어제 악마걸 아낙스가 보낸 문자를 다시 한번 보면서 진지하게 고민해 보았다.

'눈을 감는다고 내가 없어지지는 않아.'

아주 단호하고도 상징적인 표현이다. 절대 사라지지 않겠단 의지를 피력하는 이 말은 바꿔 말하면 내가 결석까지 하면서 이렇게 집에 숨어 있다고 한들 아무 소용 없단 이야기다. 결국 결석 자체가 부질없는 짓이라는 뜻이다. 가슴이 갑갑해져 온다. 독 안에 든 쥐가 된 기분이 들자 잠시 독 안의 쥐에게 동병상련이 진하게 느껴진다. 그래서 상상해 봤다. 독 안의 쥐가 할 수 있는 제일 멋있는 행동은 뭘까? 독 속을 뱅그르르 돌며 우왕좌왕하는 것은 꼴사납다. 어차피 독 안의 쥐이므로. 차라리 팔로 머리를 베고 누워서 독 속에서 아우성이라도 쳐 보는 게 차라리 덜 처량맞다. 그래서 나 역시 정면 박치기를 한번 해 볼까 하는 생각이 들었다.

아낙스는 어제 내게 문자를 날린 뒤로 이젠 휴대폰에 내 톡 친구로 버젓이 떠 있었다. 정면 돌파는 절대 내 스타일은 아니지만, 뭐 어차피 온라인만으로니까. 난 뒤통수에 잽이라도 날리는 기분으로 과감하게 톡으로 말을 걸었다. 그것도 서론 빼고 본론으로 바로 치고 들어가면서.

- 그래서 어쩌자구!
- 어쩌긴? 일단 만나야지.
- 만나서 날 어쩔 건데?
- 이런! 내가 네 머리끄덩이를 잡는다거나 다리몽둥이라도 부러뜨릴 거라고 생각하는 거야?
- 물론 그런 건 아니지만……. 어차피 넌 악마잖아.
- 이봐! 고정관념을 버리라고. 악마라고 무차별적으로 검은 물감을 마구 뿌리고 다니는 짓을 하지는 않아. 나름 목적과 명분이 있는 일에 우리의 역량을 발휘한다고. 세상 모든 건 다 특유의 역할이 있는 거거든.

얼씨구! 비웃고 싶지만 참는다. 상대는 악마니까. 하지만 휴대폰 안에서 손이 쑥 나와서 내 목을 조르거나 비틀지는 않으니 나도 서서히 과감해졌다.

◆ 그러니까 날 해치거나 괴롭힌다거나 적어도 그딴 짓은 안 한다는 거지?

◆ 결단코!

◆ 믿어도 돼?

◆ 물론이야.

◆ 그래도 넌 명색이 악마인데…… 좀 그래.ㅠㅠ

◆ 하긴 내가 천사라면 넌 날 서둘러 만나려고 했겠지. 기대치가 있을 테니.

◆ 뭔 기대치?

◆ 뭐…… 흥부처럼 혹시 상이라도 받지 않을까? 이딴 기대 심리?

◆ 크크.

◆ 여튼 난 강요하진 않아. 하지만 내가 천사든 악마든 넌 네가 주운 편지를 전달할 의무가 있는 거 아닐까? 물론 그것마저도 너의 선택이겠지만.

◆ 만나서 전하는 방법 외엔 없니? 편지 내용을 여기다 적어줄까?

◆ 네 머릿속에 편지가 들어가 앉았을 때엔 그만한 이유가 있을 거라고 생각 안 해? 단순히 암기된 것만 뱉어내는 걸로 끝날 거라고 생각해?

◆ 그게 아니면…… 그럼…… 설마 내 머리 뚜껑을 연다든

가…… 어떻게 하려는 건 아니지?

◆ 이런! 21세기야. 우리도 너희 못지않게 발전하고 산다구.

얘기를 나누다 보니 그렇게 무지막지한 악마는 아닌 것 같다는 확신이 들었다. 그래서 선뜻 바로 약속을 잡았다. 그래도 만약을 대비해서 약속 장소는 일부러 사람들이 복작거리는 시내 한복판 대로변에 있는 패스트푸드점으로 정했다.

아낙스를 만나러 나가는 발걸음은 그다지 무겁지 않았다. 나를 해치지 않는다고 생각하니 마음이 가볍다 못해 약간의 기대감마저 있었다. 심지어 도착해서는 화장실 거울을 보면서 멋있는 표정 연습을 해 볼 정도까지의 여유도 부렸다. 그런데 사십 분이 지나도록 아낙스는 나타나지 않았다. 톡도 씹고 전화조차 받지 않아서 슬슬 열이 올라 그냥 일어서려고 했는데 그때 아낙스가 헉헉거리며 뛰어 들어왔다. 악마 주제에 흰 레이스가 밑단으로 빼꼼이 얼굴을 내민 앙증맞은 원피스를 입고 머리마저 양 갈래로 묶었다. 얘 뭐 하자는 거지? 그리고 얼핏 보기에 얼굴엔 비비크림이라도 바른 건지, 아무튼 어제 버스에서 봤을 때보다 훨씬 미모가 돋보였다. 설마 나를 의식한 건 아니겠지? 대체 뭔 수작이람?

"미안! 길 건너쪽에도 비슷한 데가 있어서 거기 있다가 왔어."

"뭐야! 건너쪽이래 봤자 오만 번도 더 왔다 갔다 할 시간이 지났거든? 근데 전화는 왜 안 받냐?"

"그게…… 누가 내 폰을 훔쳐갔어."

"푸하하."

나도 모르게 웃음이 터졌다.

"야! 니들……. 악마 지진아들이지? 하나는 편지를 흘리고 하나는 폰을 잃어버리고, 찌질하게 잘들 논다."

"잃어버린 게 아니라 누군가가 순식간에 훔쳐서 튀었다니까. 테이블 위에 놓고 잠깐 빨대 가지러 간 사이에 잽싸게 털어 갔어. 그래서 매장 CCTV 좀 보자니까 매니저가 와야 한다고 해서 조금 기다리다 늦었다고."

"간도 큰 놈인가 보다. 근데……."

"됐구! 나 목 말라. 아이스커피 좀 사 와."

남의 말도 팍 잘라먹고 이젠 커피까지 대령하란다. 무례하기 이를 데 없는 행동을 서슴지 않는 걸 보니 악마가 맞긴 맞는 것 같다. 솔직히 내가 편지를 전해 주러 온 사람이면 자기가 나를 접대하는 게 인지상정인데……. 속으로만 궁시렁거리며 커피를 주문했다.

막상 테이블을 가운데 두고 마주 앉아 있으려니 살살 떨려 오기 시작했다. 빨대로 커피를 빨며 나를 빤히 쳐다보는 품새며 앙다문 입매며 쌍꺼풀 없이 시원하게 뚫린 눈매가 보통이 아니란 생각이 들면서 내 가슴을 옥죄어 왔다. 그리고 저 애가 의도적으로 내 감정을 조종하는 걸지도 모른다는 생각이 들자 갑자기 사지가 떨렸다. 고양이 앞의 쥐 정도가 아니라 아예 저 애의 아바타가 될 수도 있다고 생각하니 긴장감이 치솟았다. 아까 지진아라는 둥 찌질하다는 말을 함부로 내뱉는 게 아니었는데, 하는 후회가 뒤늦게 떼로 몰려온다. 그래도 한편으론 백수대낮에 이렇게 사람이 많은 곳에서 뭔 일이 있으랴 싶어 나름 의연한 척했다. 테이블 위의 아이스커피가 땀을 삐질삐질 흘리고 있는 게 꼭 나 같아 보였다.

"아이스커피가 꼭 너 같네. 땀을 삐질삐질 흘리고 있잖아."

어쭈! 표절을? 내 맘을 읽고는 마치 자기 생각인 양 말하다니. 정말 얄밉다.

"표절 아니고 찌찌뽕일 뿐이야. 나도 늘 아이스커피를 보면서 그런 생각을 했다구. 컵 밖으로 방울방울 맺히는 게 꼭 땀 흘리는 거 같잖아."

또? 내 맘을 허락도 없이 읽어 내다니…… 완전 열 받는다. 아이스커피로 마음을 식히려고 컵을 집자, 아낙스는 대뜸 자기 컵을 들이대며 말했다.

"열 받지 말고 네 얼음이나 좀 나눠 줘!"

내 몫의 얼음 반을 덜어 주자 냉큼 입안에 다 털어 넣고는 아기작아기작 씹어 대며 나를 보고 배시시 웃었다. 아낙스의 입안에서 으깨지고 있는 얼음이 마치 내가 된 것 같은 상상 때문에 갑자기 뇌가 시리면서 섬뜩해졌다.

"야! 그러지 마."

"뭘?"

"그냥…… 그렇게 씹으면서 날 쳐다보지 말라고."

그러자 아낙스는 자세를 고쳐 앉고 미간에 살짝 주름까지 잡으면서 내게 말했다. 이상하게 그 주름에서 진정성이 진하게 묻어났다.

"릴~렉스! 릴~렉스! 아까도 말했듯이 고정관념을 버리라고. 난 그냥 너한테 편지를 전해 받고자 할 뿐이야. 우린 사람들을 겁주기 위해 불쑥불쑥 나타났다 놀이 삼아 한가롭게 돌아다니는 백수 도깨비 같은 존재가 아니라고. 우리도 우리 나름의 분명한 역할이 있는데……. 그러니까 쫄지 마."

그러고는 학습지를 권유하는 아줌마처럼 자상하고 설득력 있게 내게 이야기를 시작했다. "자, 들어 봐." 하면서 두 손으로 머리카락을 귀 뒤로 단정하게 넘기고는 입술을 혀로 살짝 훑어 대는 모습이 약간 매력적이라 집중하고 이야기를 듣기 시작했다.

아낙스의 이야기는 주로 자신의 신상에 관한 건데 내용인 즉, 아낙스와 로콜프는 일종의 수련 악마로서 이곳에 현장 실습 체험차 왔다는 것이다. 유소년 악마 중에서 열세 살부터 열여덟 살까지를 수련마라고 하는데 일정 기간 이곳에 와서 체험을 하고 과제로 주어진 목적치를 달성하면서 일련의 과정들을 터득하면 주문을 자연스럽게 습득하게 된단다. 물론 개인의 능력에 따라 터득하는 시간이 달라지긴 하는데, 그 주문이 말하자면 악마 나라의 입국 티켓과도 같은 역할을 하는 거라 귀환을 위해서는 반드시 주문을 알아내야 한단다. 내 머릿속 주문이 바로 그거라고.

"그럼 로콜프가 너한테 일종의 컨닝 페이퍼를 준 거구나?"

"어. 들키면 작살이 나는데…… 그런 위험을 감수하면서 흘리고 가다니…… 대단한 바보 떨빵이야."

"근데 넌 주문을 터득 못한 거야?"

"어. 노느라."

"그럼 이제 바로 들어갈 수 있겠네?"

"아니."

"내가 지금 바로 주문을 말해 줄 수 있는데도?"

"아니…… 난 자발적으로 터득할 거야. 내 페이스대로 시간을 보내다가 내 힘으로 터득해서 갈 거야. 그게 나의 궁극적인 목표니까."

"왜? 편한 지름길을 놔두고?"

"왜냐니? 생각해 봐. 지름길이란 게 결국 빠르게 간 만큼 클 수 있었던 나의 능력을 묻어 버리는 일이거든? 내 인생을 사는 건데 나 스스로 자해하는 일을 왜 하겠어?"

준다면 냉큼 받는 게 장땡이고 지름길을 발견하면 그만큼 횡재한 거지, 그게 왜 자해라는 소리인지 도통 이해가 안 간다. 그리고 악마 주제에 인생 운운하는 게 약간 주제 넘는다는 생각이 들었는데 그 순간, 또 내 맘을 읽었는지 아낙스가 부연 설명을 했다.

"인생은 마라톤 같은 건데…… 뛰는데 누가 차로 태워 준다고 냉큼 탈 수는 없는 거잖아? 안 그래? 그리고……."

"근데…… 말 끊어 미안한데, 인생이 마라톤이라고 친다면, 태어나길 지름길로만 다니게 생겨 먹은 애들이랑 같이 달리기를 하는 게 인생이라…… 어차피 공평하지 않으니까 할 수 있음 잽싸게 가는 게 정답 아니냐?"

"과정을 즐기는 게 인생 아냐? 근데 넌 어디로 가는 게 네 목표인데?"

목표? 그건 내가 아는 바가 없다. 그러고 보니 난 목표란 말이 참 낯설다. 목표? 그게 뭐지? 초등학교 땐 자연스럽게 시간을 타고 중학교로 갔고 그리고 또 시간이 흘러 고등학생이 되고…… 물놀이장의 유수풀처럼 대세의 흐름에 밀려서 여기까지 온 것 같은데 새삼 꼭 집어 목표를 대라니 황당하다. 원래 이렇게 흘러 밀려가는 게 인생 아니던가? 누군가는 대세의 흐름을 거슬러 가면서 자기가 가고 싶은 의지대로 방향을 틀며 가기도 하나 보지? 고개가 저절로 갸우뚱해진다. 그래서 난 얼른 말을 돌렸다.

"너 혹시 로콜프가 싫어서 그런 거 아냐?"

"물론, 그렇기도 해. 세상에 공짜는 없거든. 그리고 갠 일단 내가 좋아하는 타입이 아니야. 뭐랄까? 갠 악마 세계에서도 전형적인 출세지향적 타입인데…… 자신의 재능에 도취되어서 주변 사람을 자기 멋대로 휘두르려 든다구. 쳇! 주문을 줄 테니 들어오라고? 사랑이란 게 어떻게 그렇게 일방적일 수가 있어? 안 그래?"

"근데…… 난 네 말이 어색하다."

"왜?"

"쪼만한 애가 사랑 타령 하니까."

"쪼만이라니? 우리랑 너네랑은 나이 계산이 다르거든?"

"그럼, 강아지 나이 계산하듯이 곱하기 몇을 하는 거야?"

"그런 건 아니지만, 암튼 네 식대로 나를 보지 말란 소리야. 네가 느끼는 대로, 네 맘이 가는 대로 이해해. 눈에 보이는 거나 네가 알고 있다고 생각하는 걸로 판단하지 말고. 네가 아는 것 중에는 네 의지와 상관없이 입력된 게 많을 수 있거든."

"뭔 소리야? 어렵네."

"네가 아는 바로는 악마인 내가 네 앞에 이렇게 앉아서 도란도란 이야기 나누는 게 이해가 가니?"

"아니."

"근데 난 지금 네 앞에 이렇게 있잖아. 그렇게 받아들이란 소리야. 네 걸 제대로 가져. 네가 느낀 감정, 너만의 것들을."

"내 걸 가지라고?"

"어. 난 인간들이 참 안타깝더라."

"뭐가?"

"우린 정해진 일만 하게 되어 있는데…… 사실 악마의 역할은 아주 분명하거든. 네 말대로 어차피 악마니까. 하수인이라고 할 수 있지. 그거에 반해서 인간인 너희들은…… 자기 삶의 감독은 너희들이잖아. 근데도 늘 정해진 길만 가려고 애를 쓰는 것 같아. 남들이 좋다는 대로만 너나 할 것 없이 좇거나 아니면 엄마가 시키는 대로만 하고……. 물론 그나마도 안 하고 자기가 어디로 가는지도 모르고 가는 애들도 많더라만……."

어렴풋이 아낙스의 말이 감이 오는 듯하면서도 마음 한구석에서는 의혹이 뭉게구름처럼 몽실몽실 피어났다. 혹시 내가 지금 악마에게 홀리고 있는 건 아닐까 하는 회의가.

'엄마가 시키는 대로 하지 말라니……. 나쁜 말 아냐? 이게 혹시 말로만 듣던 바로 그 악마의 꼬드김?'

이렇게 갸우뚱하고 있자니 아낙스가 날 빤히 보다가 눈을 흘기며 말했다.

"야! 꼬드김 그거 아니거덩! 진지한 대화 좀 하자는데……."

"아님 말구!"

그때 내 휴대폰이 울렸다. 전화를 받자 상대가 다짜고짜 아낙스 씨냐며 매니저가 왔으니 얼른 오라는 알 수 없는 말을 남기고는 질문도 안 받고 끊어 버렸다. 황당한 표정을 지으려는 순간 아낙스가 내게 얼른 일어나라고 명령을 했다. 길 건너 패스트푸드 매장에 내 번호를 남겼다며. 와! 진짜 일방적이다.

졸지에 아낙스와 길 건너 패스트푸드점에 동행하게 된 나는 엉겁결에 매니저 사무실까지 들어갔다. 젊고 날렵한 체형의 매니저는 우리를 보자마자 CCTV를 돌려 보여 주었다. 요새 매장에 이런 일이 자주 벌어져서 경찰에 신고하려던 중이었다고 분개를 하며 눈을 똑바로 뜨고 반드시 잡아내라고 당부까지 했다. 하지만 워낙 여러 사람이 겹쳐서 지나가는 터라 아낙스 자리에서 휴대폰을 집어 가는 장면이 정확하게 보이지 않았다. 다만 정황상 그 곁을 지나가는 한 남학생의 뒷모습만 심증이 갈 뿐. 매니저는 화면을 계속 돌려 보기 하고 확대까지 해 주었지만 아낙스는 쉽게 확신을 갖지는 못하는 눈치였다. 게다가 뒷모습이니 더더욱 쉽지 않은 듯했는데.

"저거 봐봐, 아무래도 저 줄무늬 옷이 수상해 보이지?"

아낙스가 마치 남친에게 앙탈을 부리듯이 내 팔을 잡아당기며 물었다.

"글쎄……."

사실 난 아낙스와 나란히 있다는 것만으로도 충분히 당혹스러운 터라 솔직히 화면을 자세히 보지 않았다. 화면 쪽으로 얼굴만 들이대고 있을 뿐, 내 마음과 눈의 초점은 이 당황스러운 상황의 큰 그림을 더듬고 있을 뿐이었다. 하지만 아낙스가 자꾸 재촉하는 터라 할 수 없이 화면에 초점을 제대로 모아 보았다.

'헉! 저건!'

내 눈에 보이는 저 줄무늬 아이는 틀림없이 서진유였다. 줄무늬 티셔츠야 흔한 옷이지만 진유 특유의 걸음걸이가 내 눈에 확 들어왔다. 게다가 걸으면서도 시계도 차지 않은 팔목을 손으로 쓸어 대는 모습을 보니 도저히 부인할 수가 없었다. 하지만 난 아낙스 때문에 잽싸게 두 가지 생각을 동시에 하기 시작했다. 의식의 바깥쪽에선 '잘 안 보이네.' 하고, 의식의 안쪽에선 '뭐지? 서진유가 왜 저딴 짓을?' 이런 식으로 안팎이 다른 생각을 하고 있었다. 그래도 다행히 아낙스가 화면만을 응시하고 있어서인지 내 마음을 읽고 있는 것 같지 않았다. 난 왼쪽 손으로 최대한 얼굴을 가리고 버벅거리며 말했다.

"누가…… 누구인지 진짜…… 구분이 안 가는데?"

"아니야. 분명 줄무늬 티셔츠 입은 애가 맞아. 근데 뒷모습만 보이니……."

결국 확신은 갖지 못한 채, 비디오를 꺼야 했다. 매니저는 추측건대 저렇게 한번 성공한 애는 또다시 일을 벌일 확률이 높으니 그땐 확실하게 잡겠다고 큰소리를 쳤다. 그리고 일단 테이프를 경찰에 넘기고 언제든 잡히면 연락을 주겠노라 했다. 그렇게 우린 사무실을 나왔다.

갈림길 앞에 서자 아낙스는 내게 가야 할 데가 있다며 다음에 다시 보잖다. 다음이라니? 또?

"근데…… 주문을 전해 받을 것도 아닌데 왜 나를 만난 거야?"

"네 머릿속 편지는 읽었거든. 주문은 내가 읽을 수가 없어. 네 입으로 말해 주기 전까지는."

"아! 그런 거야?"

"명색이 주문이잖아. 그 정도의 장치는 되어 있는 거지."

"그럼…… 주문은 원치 않는다니……."

"그래도 넌 이제 나의 도서관이나 마찬가지인 거지. 지금은 원치 않지만 혹시 내가 맘이 변하면."

"변하면 나를 콜 한다고?"

"응."

"내가 너의 도서관이라서?"

"응."

이럴 땐 어떤 표정을 짓는 게 옳은 건지 몰라서 손으로 마른 세수를 거푸했다. 그 사이 아낙스는 내 손가락 틈 사이로 얼굴을 디밀며 마치 까꿍이라도 할 기세로 물었다.

"아니, 변하지 않아도 콜 해도 되지?"

입꼬리를 한껏 올리고 고개를 갸우뚱하기까지 하는 아낙스를 보고 있자니, 이건 틀림없는 애교란 생각이 들었다.

"어?"

"난 너가 맘에 들어. 우리 친구 먹자! 어때?"

"어?"

"어차피 나에 대해 너만큼 많이 아는 인간 친구는 없으니…… 친구로 너만큼 나한테 적절한 애는 없는 것 같아. 어때? 넌? 여전히 내가 악마라 꺼려지니?"

"글쎄……."

내가 악마한테 최적화된 인간이라니…… 난 마음속으로 '아씨! 어쩌지?' 하면서 말했다.

"근데 넌 내 생각을 다 읽으면서 뭐하러 자꾸 물어? 솔직히 그거 무지 김새는 일이거든?"

그러자 아낙스는 콧잔등에 가벼운 주름을 잡고 콧소리를 내면서 양손으로 내 팔목을 잡고 말한다. 이럴 땐 어떤 표정을 짓는 게 맞는 건지 혼란스러웠다. 하지만 나의 혼란은 스킨십 때문만은 아니었다.

"너 기분 나빴구나? 근데 내가 다 읽는 건 아니야. 네 눈동자를 똑바로 봐야 읽을 수 있어. 그리고 눈동자를 본다고 해서 다른 사람들 마음을 다 읽을 수 있는 것도 아니야. 다만 넌 악마의 편지를 머릿속에 넣었기 때문에 일종의 악마의 자력 같은 게 깃

들어 있으니까 그나마 가능한 거지."

다짜고짜 들이대는 아낙스의 스킨십에 놀라 내 심장박동은 빨라지고 팔목의 솜털들도 일제히 일어섰다. 내가 기분이 상했을까 봐 허겁지겁 그리고 나긋나긋한 말투로 변명하듯 이야기하는 아낙스가 상당히 귀여웠기 때문이다. 게다가 약간 비굴한 표정까지 내게 지어 보였는데, 그 모습이 이상하게 가슴에 와 닿았다. 강자가 약지에게 보이는 비굴함은 일반적인 비굴함보다 훨씬 순도가 높아 보이는 법이니까. 목적한 바를 이루기 위한 교활한 비굴함이 아니라, 진심 어린 친교를 원하는 의미의 비굴함으로 보였다. 그렇다면 아낙스는 정말 나와 친구가 되고 싶은 게 아닐까? 나 역시 순간적으로 그에 대한 답가를 목청껏 부르고 싶어졌지만 그래도 미심쩍은 게 있기에 더 캐묻기로 했다.

"근데 게임하면서 만났을 땐 내 눈을 마주 본 것도 아닌데 나의 모든 걸 다 알고 말했잖아."

"그땐 특수 상황이라…… 내가 터득한 주문을 써서 너를 읽어 낸 거지. 그땐 나도 정말 놀랐거든? 그런데 걱정 마. 그건 일회성에 불과한 거야. 주문은 함부로 써서는 안 되거든. 아까도 말했듯이 우린 수련 악마라 초능력이 있다거나 인간이 못하는 걸 할 수 있다거나…… 그렇지 않아. 주문을 쓰는 것 빼고는 너희와 크게 다를 바 없어. 그러니 날 너무 부담스러워할 필요는 없을 것 같아."

내 눈동자와 마주치기 전엔 내 마음을 못 읽고 또 주문을 멋대로 쓰지도 못한다니 아낙스에 대한 나의 마음이 한결 홀가분해졌다.

"그렇담, 좋아."

초능력이 없는 악마는 이빨 빠진 호랑이와도 같단 생각이 들었다. 그렇담 나쁠 게 없다. 게다가 상대는 볼수록 매력이 읽히는 여자애다. 심지어 종아리는 늘씬하게 쭉 뻗기까지 했는데 나도 모르게 자꾸만 눈길이 갔다. 이야기할 때마다 습관적으로 눈을 약간 치켜떴는데 그때 양미간 사이로 잡히는 주름도 매력적이었다. 뭔가 골똘해 보이는 듯한 표정을 지을 때는 약간 섹시해 보이기도 하고 톡톡 튀는 목소리에 단발적으로 끊어 먹는 듯한 화법도 맘에 들었다. 이런! 악마가 여자로 보이다니……. 난 이런 생각을 들키지 않기 위해 아낙스 쪽을 의식적으로 보지 않으면서 말했다.

"낙스야, 다음에 보자."

그렇게 아낙스와 헤어진 뒤, 난 서둘러 진유에게 전화를 했다. 만약 아까 내가 본 게 사실이라면 이건 보통 일이 아니니까. 하지만 받지 않았다. 그래서 문자를 보냈다.

◆ 급한 일이야. 전화해!

그러자 바로 답이 왔다.

- 뭔 일?
- 네가 꼭 들어야 할 이야기가 있어.
- 레알?
- 오백 프로 레알.

그러자 진유는 자기 있는 데로 찾아오라고 주소를 찍어 보냈다. 우습게도 진유는 나를 옆 동네 찜질방으로 불렀다. 찜질방이란 데를 별로 가 본 적이 없어서 당혹스럽기도 했지만 그것보다는 다른 애도 아니고 서진유가 그곳으로 오라는 게 너무 신기할 따름이었다. 세상에, 천하의 모범생 서진유가 결석을 하고 도서관도 아니고 찜질방에 있다니…….

찜질방에 도착해서 카운터에서 건네받은 옷으로 갈아입었다. 해 질 녘의 후줄근한 하늘색처럼 보이는 물 빠진 푸른색 티셔츠와 반바지를 입은 채 미로 같은 계단을 따라 내려갔다.

찜질방은 생각보다 한가했다. 넓은 광장 같은 방엔 서너 명 정도가 애벌레처럼 뒹굴며 티비를 보고 있었다. 진유가 찜질방 안의 동굴로 찾아오라기에 처음엔 '동굴은 뭔 동굴?' 하고 의심스레 찾았는데, 광장을 가로질러 옆으로 돌아가니 그곳엔 진짜 동굴이 있었다. 낮은 벽 옆으로 동굴 대여섯 개가 나란히 일렬로 뚫려 있었다. 세 번째 동굴이라고 해서 들여다보니 아닌 게 아니라 진유가 누워서 발가락으로 나를 반겼다. 아니…… 반긴다는 말은 잘못된 표현이고 그냥 단지 '발가락 하이!'를 할 뿐이었다. 느릿하게 꼼지락거리는 발가락이 그다지 나를 반기는 품새는 아니었다. 진유는 대번에 나를 의심하는 말부터 날렸다.

"너 혹시…… 우리 엄마 첩자는 아니겠지?"

나와 볼 생각조차 않고 동굴 안에 누운 채로 내게 첩자가 아니냐고 묻는 진유가 정말 낯설었지만 한편으론 사부를 만나러 온갖 시련을 헤치고 심산유곡에 막 도착한 수제자가 된 기분이 들 정도로 진유가 미더웠다. 무릎이라도 꿇고 싶을 만큼. 그 미더움은 어떤 능력에 대한 것이 아니라, 모범생이 이렇게 탈선을 해 보일 수 있다는 데서 오는 어떤 경외심 같은 것이었다. 의외성은 더러 사람을 매료시키니까.

"당근 아니지."

"진짜지?"

"첩자라니…… 당치도 않다."

"근데 뭐야?"

본론을 이야기하려니 갑자기 걱정이 앞섰다. 난 누워 계신 스승의 심기를 함부로 건드리지 않기 위해 잠시 확인 작업을 거치기로 마음먹었다. 스승의 발목에 끼워진 옷장 번호를 잽싸게 외우곤 "화장실 좀 댕겨오마." 하고 돌아섰다. 그러고는 후다닥 탈의실을 향해 뛰어갔다.

'527'이란 번호가 붙은 옷장 앞에 서서 통화 버튼을 눌렀다. 그러자 옷장 안에서 진동 소리가 요란하게 울려 댔다. 혹시나 해서 전화를 끊고 확인 사살을 위해 또 한 번 걸었다. 역시나 맞다! 내 짐작이, 아니 내 눈썰미가 정확하게 맞은 거다. 방금 난 아낙스에게 전화를 걸었고, '527' 안에 인질처럼 잡힌 아낙스의 휴대폰은 솔직하게 울어 대고 있었다. '나 여기 있어.' 하고. 그렇담 아까 CCTV 화면 속 뒷모습이 찍힌 아이는 바로 서진유가 맞다. 몸통은 움직이지 않은 채 다리부터 앞서서 발을 디디는 진유의 걸음걸이를 난 정확하게 기억하고 있었으니까.

가슴이 떨려 온다.

4.

자가 발전기 작동법

"뭐라고? 네가 아닌 네가 되고 싶다니?"

"말 그대로야."

"그래서 휴대폰을 훔치고 다녔단 소리야? 그게 가장 너답지 않은 일인 거야?"

"유치하게 내가 중딩도 아닌데 나답지 않자고 자해 공갈단 같은 짓을 하겠냐? 그냥 돈이 필요하던 참에……. 휴대폰이 거기 있더라구. 그래서 나도 모르게."

"돈은 뭐에 쓰게?"

"뭐에 쓰긴? 당장 돈 없음 항복하고 집에 들어가야 하잖아."

"어? 그럼 너 집 나온 거야?"

"나온 거라기보다는 내 의사 표현을 하는 중이야."

진유는 엄마에게서 자퇴를 강요받고 있는 중이라는 다소 충격적인 이야기를 했다. 자퇴? 그건 학교에서 말썽을 피우다 본인의 의지와 상관없이 택할 수밖에 없는 것이거나 아님 은비같이 왕따를 당해서 튕겨져 나가게 되는 결말이라고만 알고 있었는데 진유 같은 모범생한테 자퇴를 강요한다니 황당했다. 그것도 다른 사람도 아닌 엄마가……. 혹시 진유에게도 선을 못 넘어 한집에 못 사는 우리 새엄마처럼 자식이 학교 다니는 꼴을 못 보는 새엄마가 있는 걸까?

"저기…… 혹시 너희 엄마가 새엄마야?"

"아니. 그건 나의 희망사항이고. 애석하게도 생 엄마야."

"생 엄마라니?"

"살아 계신 나의 친엄마란 소리야."

"근데 왜?"

"오로지 성적 때문이야. 학교 다니면서 괜한 시간 뺏기지 말고 자퇴해서 검정고시를 보라는 거지. 그렇게 하면 수능하고 논술에만 집중하면 되니까 잘하면 일 년 당길 수도 있다며."

"당기다니?"

"대학 입학 말이야."

"엥? 엄마가 뭔가 되게 급하신가 봐?"

내 말에 진유가 웃었다. 하긴 나도 말을 뱉어 놓고 나니 우습다. 하지만 나로선 그것 외엔 무슨 이유인지 감이 안 잡히는 게 사실이다. '재수는 필수고 삼수는 선택'이란 말까지 돌아다니는 게 현실인데 당기라니? 진유 말로는 엄마가 그런 결정을 내린 데에는 계기가 있단다. 새로 옮긴 수학 학원에서 초등학교 동창인 여자애를 우연히 만났는데, 초딩 때부터 호감을 가졌던 터라 진유는 마음이 많이 흔들렸단다. 그래서 한두 번 학원을 빼먹고 그 애와 같이 영화를 보러 갔었는데 그게 들통나는 바람에 엄마에게 혼쭐이 났던 거다. 그 뒤론 엄마가 학원 앞을 늘 지켰고 그래서 엄마한테 자주 대들게 되었다. 그러던 와중에, 어느 날 동창 여친이 말도 없이 학원을 관뒀고 진유의 카톡마저 완벽하게 씹기 시작했다. 물증은 없지만 앞뒤 정황상 엄마가 개입했을 거란 심증이 들었고, 그래서 그 뒤로 진유는 엄마에게 반항하는 차원에서 공부를 놓기 시작했다. 그러고는 학교 안에서 이런저런 동아리에 가입해 활동을 하자 엄마가 자퇴라는 결단을 내리게 된 거란다.

"난 이제 어떤 식으로든 떠밀려서 가고 싶지 않아. 죽이 되든 밥이 되든 난 자가발전으로 움직이고 싶다고. 그래서 자퇴를 거부한다는 뜻으로 집을 나온 거야."

"거부하면 들어주시려나?"

"글쎄. 그리 희망적이진 않아. 계속 반항하면 미국으로 보내 버릴 거래. 유해 환경 차단의 차원이라나?"

순간 내 머릿속엔 무균실에 갇힌 실험쥐들의 반짝이는 초코

해바라기 씨 같은 눈동자가 떠올랐는데 그 위에 진유의 얼굴이 오버랩 되어 나도 모르게 비명을 질렀다.

"헉!"

"게다가 내가 토낄지도 모른다고 생각했는지 엄마가 내 통장이랑 돼지 저금통까지 다 숨겼더라? 그래서 폰을 훔친 거야. 나오자마자 백기 들고 들어가는 꼴은 면하고 싶었거든."

"그럼 저 폰을 어디다 팔려구?"

"그건 난 모르지. 저게 첫 작품이니까."

"그럼 그렇지. 암튼, 처음이라니 다행이다. 근데 어떻게 네가 훔칠 생각을 다 하냐? 배포도 좋다. 친구들한테 돈을 꾸든지 그러지."

"그게…… 생각해 보니 내가 돈 빌릴 친구조차 없더라구? 그 사실이 제일 비참했어. 맨날 학교, 학원, 집으로 프로그래밍 된 로봇처럼 살았거든."

하긴 진유는 분 단위로 시간을 쪼개서 공부하던 애다. 손목시계는 물론 타이머도 늘 필수품으로 지니고 다녔으니까. 그런 애가 이런 반란을 벌이다니 쇼킹한 일이 아닐 수 없다.

"암튼 그 폰 나한테 줘. 일이 더 커지기 전에. 걔…… 그 폰 주인이 악…… 아니 아주 악랄한 애거든. 내가 갖다주면서 입 막아 볼게. 여차하면 경찰서에서 나설 수도 있다고."

"아니…… 잠깐! 지금 생각난 건데…… 그것도 방법일 것 같기도 하네."

"뭔 방법?"

"어차피 판로도 없는데 기왕 이렇게 된 거 네가 가서 불어. 내가 훔쳤다고. 그게 효과적일 수도 있단 생각이 드네."

"야! 너 미친 거 아냐? 경찰을 통한다는 게 어떤 건지 몰라? 경찰서에서 너희 엄마를 만날 수도 있다구!"

"그러니까 그게 효과적이란 소리야. 우리 엄마 야심을 제일 빠르게 통제할 수 있는 길이 될지도 몰라. 어쩌면 휴대폰을 훔친 아들이란 치명적인 오명을 얻으면 엄마는 더 이상 내게 야심을 품지 않게 될 수 있지 않을까?"

"뭔 소리야? 그럼 네 말은 너희 엄마가 너를 통해 야심을 채운다는 거야?"

"맞아. 그러니 그런 식으로 엄마를 항복하게 만들겠다는 거지."

"에이 설마! 네 엄마가 너를 그럴싸한 완제품으로 만들어서 어디 내다 팔 생각이라도 한다는 거야?"

"팔지는 못하더라도 문 앞에 내다 걸고 자랑질하는 것까지는 하고 싶은 거겠지."

물론 진유도 그동안 나름 스스로 욕심을 갖고 공부에 전력 질주한 부분도 있지만, 그보다는 엄마를 기쁘게 하는 방법이 그것뿐이란 생각이 컸다고 했다.

"언젠가 어릴 적에 찍은 동영상을 본 적이 있거든? 두 살 때인가? 내가 아장아장 걷기만 하거나 미소만 지어도 엄마가 정말 행복해하더라구. 근데 이제 엄마는 웬만해선 내게 기쁨을 얻지 않아. 1등이 아니면 난 아웃이라구. 엄마 말로는 늘 내 행복을 위한 거라지만, 근데 그게 늘 주변 사람들한테 보이기 위한 게 많아. 난 엄마 야심의 희생양이야. 그러니…… 엄마의 그 야심을 통제하면 내게 순수한 사랑이 돌아오지 않을까?"

"야! 너 자가발전으로 움직일 거라면서 왜 끝까지 엄마를 의식하는 거야? 그건 엄마의 야심에 기스를 내는 일이기도 하지만 네 얼굴에 먹칠하는 일이기도 해. 아니, 너의 자가 발전소에 폭탄을 설치하는 것과 맞먹는 일이라고. 아까 네가 네 입으로 그랬잖아. 넌 자해 공갈단이 아니라더니?"

내 말에 잠시 골똘히 생각하더니 진유가 말했다.

"그러네…… 네 말이 맞다. 너 제법 똑똑한데?"

"그러게. 말하고 나니 나도 그런 거 같네."

다른 사람도 아니고 진유가 나를 인정해 주니까 기분이 오지게 좋았다. 더불어 전교 우등생도 별게 아니란 생각이 들었다. 하지만 별게 아니란 생각을 내가 백날 해도 별게 아닌 건 아니란 생각도 들었다. 내 성적으론 대학에서 받아주지 않을 테니까. 내가 아무리 똑똑해도 성적이란 현실의 잣대로 나를 잴 수 없다면 결국 나의 능력들은 꿰어진 구슬이 아닌 채 낱개로 널브러진 거니까 아무 쓸모가 없다는 소리겠지. 그렇다면 진유 엄마같이 자식의 숨통을 조이면서 강제로라도 구슬을 꿰게 하는 게 맞는 건가? 아니지. 멋들어진 목걸이만 목에 걸고 멍청하게 서서 앞으로 나아갈 바를 모른다면 그건 아무 의미도 없는 거잖아? 그래도 진유 엄마는 진유를 사랑하기 때문에 그러시는 걸 텐데……. 그럼 선을 못 넘는 새엄마를 존중하느라 우리와 따로 사는 것을 선택한 아빠는 내게 아무런 희망도 야심도 없는 건가? 생각을 하면 할수록 머릿속이 복잡해지고 뭐가 뭔지 모르겠다.

*

나는 진유에게서 아낙스의 휴대폰을 전해 받았다. 그리고 대신 진유를 데리고 우리 집으로 왔다. 물론 진유가 순순히 우리 집에 따라온 건 아니다. 우리 집만의 특수한 상황에 대한 충분한 설명을 들은 뒤에서야 진유는 겨우 따라나섰다. 역시 무턱대고 발을 내지르는 타입은 아니다. 다만 우리의 하선 양이 한소리 할까 봐 걱정했는데 그건 기우였다. 누나는 처음부터 대 놓고 호의적이었다. 물론 완벽하게 믿기 전까지 약간 따져 묻기는 했지만.

"진짜야? 얘가 너네 학교 플래카드에 붙었던 그 서진유야?"

"맞다니까?"

"뻥 아니야?"

"그딴 걸 왜 뻥을 쳐? 수학 경시대회에서 수상한 그 서진유 맞다구."

"근데 그런 애가 왜 너랑 놀아?"

"그러게. 누나, 원래 인생이 앞뒤가 딱딱 맞는 게 아니잖아."

"하여간에 입만 살아 가지고."

하선 양은 나를 향해 눈을 째렸지만 입이 묘하게 일그러진 미소를 지으며 몸소 치킨집 메뉴판을 들이밀었다.

"배고프면 야식으로 뭐 시켜 먹든가."

치킨을 시켜 준 것만도 황송한데 누나는 다 먹고 난 잔해물을 자발적으로 치워 주기까지 했다. 고맙다 못해 불편할 정도였다. 진유가 공부를 잘하는 게 대체 누나에게 무슨 득이 있다고 이 정도까지 호의를 베푸는 건지, 그리고 공부를 잘하면 늘 이런 식으로 이유 없는 대접을 받고 살 수 있는 건지에 대해서도 다시 한번 생각해 보게 되었다. 뭐! 사람마다 자기만의 호감의 잣대는 가지고 있는 법이니까. 누구는 돈으로, 누구는 성적으로, 누구는 인간성의 잣대로 상대를 재어 본다. 그러니 딱히 뭐랄 수는 없지만, 문제는 우리나라 사람들은 그 잣대가 너무 획일적이라는 거다. 하선 양도 그렇게 개성 없이 획일적인 잣대를 갖고 있었다니 다소 실망이었다.

뭐니 뭐니 해도 하선 양의 제일 하이라이트는 내 침대 밑에 진유의 요를 깔아 주고 나가면서 뱉은, 혼잣말을 빙자한 의도적 발화였다.

"둘이 그렇게 나란히 자다가 유체 이탈이라도 해서 지능만 바꿔 들어갔으면 참! 좋겠다."

"헐! 누나 그거 내 존재 자체를 부정하는 말 아님?"

"야! 뭔 존재까지 들먹여? 그냥 농담이야!"

누나는 엉겁결에 나온 말을 농담이라며 내빼듯이 허겁지겁 나갔다. 하지만 누나의 뒷모습에서 농담이 아니란 게 마구 읽혔다. 뒷모습도 말을 하다니…… 말은 입으로만 하는 게 아니란 걸 새삼 느낀다.

진유가 약간 일그러진 표정으로 내게 물었다.

"넌 저런 말 들으면 열 안 받냐?"

"농담이라잖아."

"농담 아닌 거 너도 알잖아."

"알지. 근데 누나의 희망사항은 누나 몫인데 내가 뭐라고 왈가왈부할 건 아니라고 봐. 나도 누나가 예뻤으면 좋겠단 생각을 하거든. 각자의 희망사항이야 각자의 것인데 어쩌겠어?"

"네 배포가 부럽다."

"배포씩이나? 그냥 무데뽀 기질인 거지. 그딴 게 뭐가 부럽냐?"

"무데뽀도 네 안에서 나온 힘이니까 그게 능력이지. 난 늘 쫓겨다니는 쥐처럼 살았어. 내 의지로 산 게 아니라고."

"야. 네가 그렇게 말하니까 갑자기 내가 인생을 잘 산 것 같은 기분이 드는데? 사실 난 맨날 게임 폐인이라고 욕만 배 터지게 먹는 앤데. 크크."

내가 성적은 처지지만 그래도 진유보다 비교적 우위인 부분이 분명 있다는 소리인 것 같아 흐뭇해진다.

"나 먼저 잔다. 난 번아웃 상태라 요새 잠자는 게 일이다."

그러고서 진유는 돌아누워 잠을 청했다. 그런데 번아웃이 뭐지? 배가 비었단 소린가? 아니지, 치킨 먹은 지 얼마 안 되었는데……. 진유를 깨워 뭐냐고 물어볼까 하다 쪽팔려서 그냥 참았다. 대신 천장을 노려보며 아낙스에게 어떻게 휴대폰을 전할 수 있을지에 대해 잠시 궁리해 봤다. 하지만 아무리 머리를 굴려도 방법은 없었다. 아낙스가 날 찾기 전까지는 난 그냥 그 자리에 있어야 하는 음전한 도서관에 불과할 따름이다. 그러다 갑자기 궁금한 게 떠올라 진유를 발로 차며 물었다.

"야야! 너 접때 나한테 악마의 주문을 달라 했잖아. 뭐에 쓰려고 한 거야?"

"아 씨! 너같이 잠든 놈 깨우는 미친 놈 패 주려고 그랬다."

진유는 잠시 발작적으로 신경질을 부리더니 다시 돌아누워 숨을 골랐다. 진유의 숨소리는 낮고 얕고 규칙적이고 부드러웠다. 숨소리마저도 모범생답다. 하지만 새삼 모범생이란 말 자체에 회의가 생긴다. 도대체 누구를 위한 모범생이란 말인가? 본인이 원치 않는 거라면 그냥 모범 샘플에 불과한 게 아닐까? 자기 자신이 행복하지 않은데 단지 누군가에게 보여 주기 위한 샘

플이 되어야 한다면 얼마나 부질없이 느껴질까. 갑자기 어제 아낙스가 한 이야기가 떠오른다.

'인간인 너희들은…… 자기 삶의 감독은 너희들이잖아. 근데도 늘 정해진 길만 가려고 애를 쓰는 것 같아.'

아낙스가 말하는 감독이라 함은 자가 발전기로 움직이는 사람을 말하는 것이리라. 난 진유의 숨소리에 내 숨소리를 덧대어 얹어 본다. 일부러 한 템포 느리게 돌림노래처럼. 조용한 방 안에 진유와 나의 숨소리가 마치 합창이라도 하듯이 들고 난다. 후휴, 후휴, 부드러운 어둠을 베틀 삼아 진유와 나의 숨소리가 씨실과 날실이 되어 직조를 한다. 일 더하기 일은 이가 아니라 '양질의 일', '괜찮은 일'이란 생각이 든다. 진유를 향해 끈적한 우정의 감정이 흐른다. '진유가 자가 발전소의 온전한 주인이 되게 도와줘야지.' 하는 기특한 생각을 하다 꼬르륵 잠 속으로 빠져버렸다.

잠결에 아침 햇살이 내 뺨을 치나 싶은 느낌이 들었는데 다시 정신을 차려 보니 야무지게 울리는 휴대폰 벨소리가 내 오감을 흔들었다. 나도 모르게 전화를 받았는데 톡톡 튀는 목소리가 아낙스인 게 분명했다. 물색없이 반가웠다.

"어, 낙스니?"

"너……. 정하돈? 뭐야?"

"뭐가 뭐야? 나지."

아낙스의 목소리 톤이 너무 높다 싶어 정신을 차려 보니 내가 들고 있는 건 내 휴대폰이 아니라 아낙스의 것이었다. 난 놀라 엉겁결에 전화를 끊었다. 그러자 뒤이어 이번엔 내 휴대폰이 울렸다. 어차피 이렇게 된 거 사실을 말해야지 싶어서 통화 버튼을 눌렀다.

"어! 네 폰 내가 찾았어."

"무슨 소리야? 내 폰 도둑놈을 잡았다는데?"

"뭐? 어디서?"

놀라서 벌떡 일어나 앉았다. 시계를 보니 어느새 오전 10시가 훨씬 넘었다. 침대 아래 누운 진유는 세상모르고 자고 있었다. 하긴 둘이 새벽에 깨서 탄천가에 나가 농구를 한바탕 뛰고 들어왔으니까. 땀이 범벅이 되어 들어오는 우리를 보면서 뿌듯한 미소를 짓고 도서관으로 가는 누나를 본 게 오전 7시였다.

"매니저가 다른 CCTV에 찍힌 앞모습 찾아서 확보했대. 고등학생인가 본데 마침 여기 알바 하는 애가 아는 애라, 암튼 걔네 엄마가 온다고 해서 여기서 기다리는 중이야. 그래도 혹시나 해서 한번 걸어 본 건데, 근데 왜 네가 내 폰을 받는 거야?"

"아니! 그게……. 말하려면 긴데……. 암튼 얼른 거기서 나와."

"나오리니?"

그때 전화기 너머로 아낙스가 누군가에게 인사를 하는 소리가 들렸다. 틀림없이 매니저겠지. 난 마음이 급해져서 큰 소리로 외쳤다.

"아낙스! 나중에 설명할게. 알고 보니 아는 친구가 장난을 친 거라고 하고 얼른 거기서 나와서 우리 아파트 9단지로 와. 알았지? 네 폰은 내가 갖고 있으니까."

"암튼 끊어."

아낙스 덕분에 일단 진유의 휴대폰 절도 사건은 무사히 무마되었다. 아낙스는 내가 시키는 대로 친구가 장난을 친 거라고 우겼고, 휴대폰도 지금 받으러 가는 길이니 없던 일로 하자면서 결론을 짓고 튀어나왔단다. 그런데 정작 문제는 그 뒤에 벌어졌다.

우리 아파트 놀이터에 나타난 아낙스는 한참을 뛰어온 건지 시소 위에 앉아 헉헉거리느라 말도 제대로 못 꺼냈다.

"왜 그래?"

숨이 턱 끝까지 차서 헥헥거리며 아낙스가 토해 낸 말은 다음과 같았다. 매니저한테 말하고 나왔는데 웬 아줌마가 다짜고짜 아낙스를 뒤따라오더니 묻더란다.

"보아하니 중학생인 거 같은데 진유랑 사귀는 사이니?"

"네?"

"네 폰 가져간 애가 서진유라며?"

"아~ 네."

전체적인 문맥상 사귀는 사이여야 휴대폰을 가져갔다는 게 말이 될 것 같아서 그렇다고 대답을 했단다. 그랬더니 그 아줌마가 돌변하면서 아낙스의 손을 잡더니 진유가 있는 데로 같이 가자고 종주먹을 댔단다.

"그런데 그 아줌마 분위기가 너무 살벌해서 일단 내뺐어."

아낙스는 내 옆에 선 진유를 빤히 쳐다보며 말했다.

"네가 진유란 애구나? 그 아줌마 아들."

"어."

"그럼 네가 내 폰을 훔친 애네."

"어. 미안."

난 서둘러 곁에서 말을 거들었다.

"얘가 그럴 만한 사정이 있었어."

눈까지 찡끗거리면서 아낙스에게 이야기했건만, 악마들은 그런 류의 액션에 대한 해석을 못 하는 건지 내 말은 아랑곳 않고 진유를 바라보며 대차게 몰아세웠다.

"물론 사정은 있었겠지, 근데 중요한 건 네가 도둑질했다는 사실은 안 없어지는 거거든."

"그러게."

"엉겁결에 덮기는 했는데 어떤 식으로든 네가 도둑질을 한 대가는 치러야 할걸?"

"어……. 네 말, 내용은 백번 나 맞는데 말투가 영 거슬린다."

따따부따하듯이 쏘아 대는 아낙스의 말투가 맘에 안 들었는지, 진유 역시 아낙스 못잖게 시비조로 대거리를 하기 시작했다.

"내용이 그러니까 형식이 이럴 수밖에 없는 거야. 설마 내가 아름답고 훈훈한 이야기를 하면서도 이런 말투를 하겠니?"

"……근데 너 중학생 아니야?"

"그게 뭐 중요해?"

아낙스의 말에 진유의 표정이 급 험악해진다. 처음 보는 표정이다. 요새 진유는 자기 의지와 상관없이 욱할 때가 잦다더니 진짜인가 보다. 진유답지 않은 모습이다. 분노를 조절하는 나사가 빠진 모양새다. 아니면 집에 두고 나왔든지. 할 수 없이 내가 나섰다.

"근데 진유야. 그게…… 얘가 사정이 있어."

"너도 사정이 있냐? 차림도 그렇고 참…… 그러네. 근데 하돈이 넌 얘를 어떻게 아는 거야?"

내가 보기에도 오늘 아낙스의 차림은 정말 기기묘묘했다. 정상적인 애라고 보기 힘든 차림이랄까? 좋게 보면 동화 속에서 튀어나온 것 같고 나쁘게 보면 약간 맛이 간 것처럼 보이는 발작하는 날라리 차림이랄까? 저번 차림은 나름 여성스럽고 스윗했는데 왜 이렇게 바뀐 건지 신기할 따름이다.

"어. 내 친구야."

"우리 엄마가 얘 보고 기함을 토했겠다. 나랑 사귄다고 했다니……. 혹시 그 홈스쿨링 한다는 은비란 애가 얘야?"

"난 은비가 아니고 아낙스야."

"뭔 락스? 세제야?"

진유의 비아냥거림이 정점을 찍자, 아낙스가 코웃음을 치다 말고 갑자기 눈이 동그래지더니만 큰 소리로 외쳤다.

"야! 서진유. 넌 인제 죽었다. 저~기 너네 엄마 오네!"

그 소리에 놀라 돌아보니 저 멀리 하얀 승용차에서 막 내린 아줌마가 뒤뚱거리며 뛰어오는 게 보였다. 그러자 진유가 튀어 나가며 외쳤다.

"야. 니들도 튀어. 괜히 인질로 엮이지 말고."

엉겁결에 나도 아낙스도 다 같이 뛰기 시작했다. 뛰면서도 아낙스는 여전히 입을 놀렸다.

"영원히 튈 거 아니면 이러는 게 뭔 의미냐?"

진유 엄마의 달리기 솜씨가 워낙 부실한 관계로 우리는 는적는적 뛰면서도 아파트 관리실 뒤쪽으로 안전하게 잘 숨어들 수 있었다. 관리실 뒤쪽에 폐기물 딱지가 붙은 소파 하나가 있어서 우린 거기 나란히 앉았다. 사이좋은 참새들처럼. 앉아 숨을 다 고르기도 전에 아낙스는 또 조잘댔다.

"야야! 뭔 일인지 모르지만, 나가서 정면 박치기를 해. 치사하게 이딴 식으로 내빼지 말고."

"해 봤거든? 머리통이 너덜거릴 정도로? 그니까 세제, 넌 입 닫아. 난…… 지금 시간이 필요해. 자가 발전기 작동법을 터득할 시간 말야."

"한심한 놈!"

아낙스의 말에 진유의 눈에 불이 번쩍 했다. 멱살이라도 잡을 기세였다.

"야!"

"내 말이 아니고, 네 엄마가 그러더라고. 날 보면서 한숨을 푹! 쉬더니만."

"그거야. 네가 그만큼 상태가 심각하단 소리야. 거울 좀 봐라. 네 꼴이 어떤지."

"오늘 차림이 좀 튀었나? 여튼, 네가 이렇게 피해 다니는 게 네 엄마한텐 한심한 일로밖에 안 여겨지는데 뭔 문제가 해결이 되겠어? 상대에 대한 존중이 없으면 백날 문제는 해결 안 돼. 엄마들 맘대로 쥐고 흔들려고만 들 테니까."

"그러니까 나를 존중해 줘야 하는 존재로 느끼게 할 거야. 내가 이 세상에 엄마 아들로만 살려고 태어난 건 아니잖아?"

"그건 일단은…… 네가 명문대를 가면 존중해 주지 않을까?"

"존중 받자고 대학 가는 건 아니지 않아?"

"그래도 뭔가 알을 생산하려면 먼저 닭이 되는 게 우선이잖아."

"알이라니? 생산적인 인간이 되란 소리야?"

"것도 중요하거든."

"물론 그렇겠지만, 이런 식이면 난 병든 닭이 될걸?"

나를 가운데 두고 둘은 한 번씩 얼굴을 뺐다 넣었다 하며 랩 배틀이라도 하듯이 이야기를 했다. 난 잠시 브레이크를 걸었다.

"야야. 잠깐만 스톱해 봐! 근데 너네 엄마가 우리를 어떻게 찾은 거지?"

"그거야 락스 따라온 거 아닐까?"

"아니거든! 내가 오고 나서 한참 뒤에 왔잖아. 그리고 대중교통이 다니는 길이랑 승용차가 다니는 길이 엄연히 다른데……."

"그러네."

그때 떠오르는 생각이 있었다.

"혹시…… 네 폰에 엄마가 위치 추적이나 청소년 보호 앱 같은 거 깔아 놓으신 거 아냐? 그거 깔면 접속한 웹 사이트 목록, 문자 목록, 통화 목록 그딴 거 다 볼 수 있대. 완전 빅 브라더지."

"하긴…… 우리 엄마 그러고도 남지. 어쩐지 그동안 귀신 같이 날 찾아내더라 했더니만……."

"근데 찜질방으론 안 왔잖아?"

"그거야 집 가까운 데니 두고 관망한 거겠지. 네가 튀어 봤자지 하면서. 사실…… 쪽팔려서 말 안 하려고 했는데…… 내 방엔 CCTV도 있어."

진유는 그 말을 뱉고는 머리를 양손으로 긁어 대며 괴로워했다. 아낙스도 놀랐는지 입을 열고 닫지 못했다. 그 순간 난 결심했다.

'진유를 안전 지대로 좌표 이동시켜 놓자!'

그래서 궁여지책으로 은비를 떠올렸다.

"휴대폰은 우리 집에 두고 강원도에 있는 내 친구한테 갈래?"

"나야 땡큐지."

어차피 주말이니 하루 정도는 자고 올 수 있는 데다 진유만 보낼 수는 없어서 결국 아낙스까지 다 같이 가기로 했다. 물론 진유가 좋아하는 눈치는 아니었지만, 지금으로선 강원도 정선까지 가는 고속버스비를 낼 수 있는 애가 아낙스밖에 없으니 선택의 여지가 없었다. 그렇게 우리는 터미널로 향했다. 진유의 자가발전을 향한, 일보 전진을 위한 일보 후퇴라고나 할까?

5.

일보 전진을 위한 일보 후퇴

오늘따라 햇살은 유난히 맑고 바람도 좋아 좌표 이동하기에 조금도 손색이 없는 날씨였다. 날씨까지 이렇게 우리에게 협조하다니 조짐이 좋았다. 게다가 버스는 텅텅 비어서 우리가 전세를 낸 기분이 들 정도였다.

"있잖아. 나 고속버스는 처음 타거든?"

아낙스가 설레는 표정으로 말했다.

"나두."

"하돈이, 너두? 그 나이 먹도록?"

난 복화술을 하듯이 입모양만으로 말했다.

"아니, 악마랑 타는 건 처음이라고."

"크크."

내 옆에 앉아 키득거리는 아낙스를 보고 있자니 신기하기 짝이 없었다. 오늘 차림은 이상하지만 아낙스는 여전히 매력을 퐁퐁 풍긴다. 매력은 보는 게 아니라 느끼는 거니까. 옆에서 보니 없던 보조개까지 보인다. 새로 팠나? 샐샐거리는 미소 속에서 향기라도 품어 나오는 것 같은 착각이 들 정도라 난 약간 아찔해졌다. 얘가 진짜 악마라니? 난 참다못해 아낙스에게 귓속말로 말했다.

"난…… 네가 악마라는 게 믿기지가 않아."

내 말에 아낙스 역시 귓속말로 답했다.

"악마는 따로 있는 게 아니야. 뉴스 봐 봐. 사람들도 얼마든지 악마가 되기도 하고 또 때론 천사가 되기도 하잖아. 그러니 너무 날 낯설어할 필요 없어. 네 안의 누구라고 여겨도 된다구."

내 안의 누구라니? 뭔가 무지 심오한 이야기를 하고 있는 것 같긴 한데 난 지금은 심오함의 길로 따라갈 능력이, 아니 여력이 전혀 안 되었다. 왜냐! 난 아낙스의 간지러운 속삭임 때문에 당장이라도 까무룩 기절할 것 같은 기분이다. 내 귓바퀴 속 솜털의 존재를 느껴 보기는 처음이다. 귀가 간지럽고 마음이 간지럽고 급기야는 사타구니까지 간지러워서 도통 내용에 집중이 안 되었다. 근데 아까 마지막 말, 내 안의 누구라고? 그거 혹시 야한 말 아냐? 생각 같아선 쓸데없는 이야기라도 긁어모아서 아낙스와 귓속말을 더 길게 하고 싶었지만, 시종일관 우울해 있는 진유한테 눈치가 보여 그 정도로 그쳤다. 나도 분위기 파악 정도는 할 줄 아는 애니까.

그렇게 세 시간 반 정도를 달린 뒤 사북 터미널에 도착하자 버스가 서서히 멈추기 시작했다. 창밖을 보니 저 멀리 은비가 보였다.

"쟤가 은비야? 이름은 이쁜데 애는 영 촌스럽네."

아낙스의 말에 기다렸다는 듯이 진유도 한마디 했다.

"세제, 너보다 오만 배 낫네. 뭐!"

"네 취향도 알 만하다."

"야야! 니들 그만 좀 해라!"

버스에서 줄줄이 내리는 우리를 발견한 은비는 어이없다는 표정을 지어 보였다. 그것도 아주 노골적으로. 적어도 나한테만은 반가운 표정을 지을 줄 알았건만, 천만의 말씀이다. 은비는 우리를 나란히 세워 놓고는 굳이 가운데 손가락을 들어 세기 시작했다.

"나 하나, 너 두 놈, 석 삼, 너구리."

아낙스를 마지막으로 세자, 발끈한다.

"뭐야? 내가 너구리야? 기껏 냄새나는 장거리 버스 타고 왔는데 환영은커녕, 너구리라니?"

하지만 은비는 아낙스의 말은 전혀 개의치 않고 나한테 얼굴을 들이밀었다.

"정하돈! 네가 오는 걸 환영한다고 했지. 누가 이렇게 줄줄이 달고 오랬어? 게다가 이렇게 이상한 애까지."

"어. 아니……. 그게……. 난 시골이라……."

내 말이 다 끝나기도 전에 아낙스가 또 튀어나왔다. 참을성 진짜 없다.

"야! 이상한 애가 나야?"

하지만 은비는 여전히 무시 모드였다. 은비가 워낙 독특한 스타일이란 건 진작 알았지만, 이렇게까지 인간관계에 거침없는 줄은 처음 알았다. 그래도 처음 보는 애들인데 내 체면은 좀 생각해 주지…….

"나까지 자그마치 넷이야. 우리 삼촌 집엔 넷이나 재울 만한 방이 없다구."

"그런 거야? 아니…… 난 그냥 시골이라길래 마당 넓은 시골집을 연상하고 날도 좋으니 정 안 되면 원두막 같은 데서라도 자면 되겠지 했거든."

"정하돈, 내가 너 고정관념 버리랬지? 난 또 얘기가 다 된 건 줄 알고 따라왔더니만……. 그리고 너! 내가 묻잖아? 이상한 애가 나냐구!"

자꾸 캐묻는 아낙스를 말리며 진유가 입을 떼었다.

"넌 그걸 꼭 물어봐야 아냐? 저기 거울 있네, 가서 봐. 거기 답지가 있다구. 그건 그렇고, 그럼 우린 어떻게 해?"

"뭐 기왕 이렇게 된 거 대책을 마련해 봐야지."

은비의 진두지휘 아래 결국 우리가 간 곳은 은비 삼촌 친구의 형네 모텔이었다. 다행히 요새 장사가 안 되어서 빈방을 공짜로 얻을 수 있었다며 은비가 엄청 너스레를 떨었다. 그렇게 잘 곳을 마련하고 우리는 저녁을 해결하러 은비 삼촌네 집으로 갔다. 가 보니 은비가 우리를 보고 고개를 내두른 이유를 알 수 있었다. 그곳은 '닭들의 합창'이란 간판을 내건 치킨 집이었는데, 외관은 나름 세련되어 보이긴 하지만 어찌나 좁은지 손님이 들어와 앉을 자리조차 마땅히 없어 보였다. 안쪽에 작은 방이 딸랑 두 개 있었지만 그나마 방 한쪽엔 이런저런 물건들로 가득했다. 튀김옷을 입은 채 겹겹이 쌓여 있는 주방의 닭들마저 비좁아 미치겠다고 합창을 하고 있는 것처럼 보였다.

점잖은 산이 병풍처럼 둘러선 강원도 산골 한 자락의 품 넓은 시골집. 안으로 들어서면 결 고운 황토 흙바닥 위에 우람한 나무 평상이 있고 그 위에 함께 누워 밤하늘의 별빛을 조명 삼아 두런두런 이야기를 나누는 걸 한껏 상상했었지만…… 상상과 달리 우린 치킨으로 배를 채우고 좁은 모텔 방으로 돌아와 옹기종기 모여 앉았다. 그래도 딱히 크게 나쁠 건 없었다. 공부만 하는 게 아니라면 애들끼리 모여 앉은 자리가 나쁠 일은 없으니까. 시종일관 '이상한 애'와 '촌스런 애' 라고 서로를 부르며 시비를 붙이던 은비와 아낙스도 두 시간이 채 안 되어서부터는 서서히 친구 흉내를 내기 시작했다. 진유 역시 그랬고. 방긋방긋 웃으면서도 도무지 친해지지 못하는 애들이 있는가 하면, 재봉질 하듯이 서로 툴툴대면서도 시나브로 마음을 엮는 애들이 있단 걸 처음 알았다.

웃고 즐기는 가운데에서도 우리가 이곳에 온 대의명분, 이름하여 좌표 이동에 대한 해결책은 찾았다. 나름 기발한 아이디어를 냈는데 어차피 방 하나에 둘이 같이 있을 수는 없으니 은비는 우리와 함께 서울로 돌아가고 대신 진유가 삼촌집에서 일을 도와주며 있기로 한 것이다. 물론 그게 언제까지가 될지는 모르겠지만.

"은비야, 고마워. 괜히 나 땜에……."

진유가 말했다.

"아니, 뭐 너도 여기서 그냥 놀고먹을 수는 없을 거야. 여긴 배달이 많거든? 알바생으로 취직한 거라 생각해. 그리고 난 어차피 내 동생 하몽이 때문에 집에 가야 할 타이밍이었어."

"동생 있니? 좋겠다. 난 외동이거든."

"하몽이라고 하얀 푸들. 우리도 하몽이까지 딸랑 세 식구뿐이야."

"크크, 강아지였어? 근데 하몽이라니까 꼭 하돈이 동생 같다."

난 하몽이 얘기가 나오면 할 말이 많다.

"그치? 그래서 은비 쟤가 빽하면 내 동생 하돈이 하몽이 이러고 나를 놀려 댄다니까!"

그때 느닷없이 아낙스가 말을 자르고 물었다.

"근데, 촌스러운 애, 넌 왜 학교를 안 다녀?"

"앤 홈스쿨링 해."

은비가 곤란할까 봐 내가 대신 대답했다.

"홈스쿨? 네 홈에 스쿨이 있단 소리? 그럼 너도 진유처럼 결석생인 거네?"

은비는 학교 이야기가 나오면 민감해지는 편이라 좀 까칠한 목소리로 답했다.

"무식한 소리 하고 있네. 홈스쿨링은 홈에 있는 게 아니라 내가 있는 곳이 바로 학교란 소리야. 삼촌집에서 일을 돕는 것도 학교에서 교육 받는 거랑 다를 게 없단 거지. 난 골라서 양질의 교육을 받는 중이야. 과외도 하고 학원도 다니고."

"아~ 그러니까 넌 골라먹겠다는 심보네? 근데 좋든 안 좋든 주어진 상황을 견뎌 내는 게 교육 아닐까? 입시 때문에 학교 때려치우라는 진유네 엄마랑 뭐 크게 다를 게 없네?"

"난 그건 아니거든! 난 좋은 대학에 목매는 애는 아니라고."

"그럼?"

"행복해지고 싶어서 관둔 거야."

"골고루 먹어야 몸도 건강한데, 골라먹는 교육으로 행복해질 수 있으려나 모르겠네."

아낙스의 골라먹는다는 표현이 내게 익숙하게 들렸다. 곰곰이 생각해 보니 은비가 자퇴하려 할 때 하선 누나가 은비에게 조금 더 견뎌야 한다며 '네 입맛대로 사는 게 인생은 아니다'라고 말했던 게 기억난다. 하지만 주위의 반대에도 불구하고 은비는 과감하게 학교를 뛰쳐나갈 수 있었다. 그럴 수 있었던 가장 큰 힘은 은비의 학교 성적이 좋았다는 거다. 다들 반대를 하다가도 마지막엔 '최선은 아니나 최악은 아니다'라며 고개를 끄덕여 줬다. 우리나라는 일단 공부만 잘하면 주위의 존중은 먹고 들어가는 편이니까. 물론 진유처럼 잘해도 더 잘하라고 존중을 부모가 착취하는 예도 있긴 하지만.

아무튼 이 대목에서 골라먹는 것에 관해 굳이 내 생각을 말한다면 난 그냥 방식의 차이라고 생각한다. 버스를 타고 가는 사람과 걷는 사람, 비행기를 타고 가는 사람이 있듯이 교통편의 차이 같은 거 아닐까? 하지만 갑론을박하면서 말이 길어질까 봐 입을 꾹 다물고 있었다. 난 친구끼리는 항상 즐거운 이야기만 했으면 좋겠다. 난 이 세상의 어떤 류의 쌈박질이든 다 싫어한다. 물론 게임할 때는 예외지만. 그때 진유가 나섰다.

"쪼그마한 애가 아는 척 되게 하네. 근데 아주 틀린 말 같진 않긴 한데……. 암튼 골라먹든 훔쳐 먹든 난 은비가 스스로 한다는 게 부러워."

그러곤 깊은 한숨을 또 내쉬자 은비가 화제를 돌린다.

"이상한 애! 근데 넌 연예인도 아닌데 왜 이름이 아낙스야?"

"그건 촌스런 애가 날 부를 때 호칭이 없음 날 못 부를까 봐 아낙스라고 붙여 놓은 거야."

"뭐냐? 세제, 잰 이상한데 모자라기까지 하네. 그게 질문에 대한 올바른 답이냐?"

"대답할 말이 없을 땐 더러 문제를 고쳐서 말하기도 하는 거야. 그럴 땐 그런가 보다 하고 그냥 넘어가는 게 센스 있는 학생들의 자세야. 서진유, 공부 잘한다더니 맹한 데가 있네."

"엄청난 걸 묻는 것도 아니구만, 네가 외계인도 아닌데 뭔 말을 돌리냐?"

그때, 나도 모르게 내 입을 박차고 말이 튀어나왔다.

"외계인일 수도 있지."

앗! 내 말에 내가 놀라서 후다닥 뒷말을 이었다.

"우리, 진유가 자가 발전기 작동법을 터득하고 상경하는 날 우리 집에 다 같이 모여서 파티하자."

애들이 입을 모아 말했다.

"좋아, 좋아. 좋아, 좋아."

하지만 그런 날은 영원히 오지 않았다. 잠들고 서너 시간쯤 지나서 날이 이제 막 희부예지려고 꿈틀거릴 무렵, 닭들이 합창은커녕 잠에서 깨지도 못했을 시간에 진유 엄마가 방문을 무식하게 두들겨 댔다.

"야! 문 열어라! 이 정신 나간 놈들아! 안 열면 다 때려부순다. 머리에 피도 안 마른 것들이 어디 짝을 지어 혼숙을 하는 거야!"

진유 휴대폰도 우리 집에 두고 왔는데 어떻게 우리를 찾은 걸까? 정말 얄짤 없는 진유 엄마다. 혹시 진유 몸에 칩이라도 심어 놓은 건 아닌지 모르겠다. 근데 굳이 혼숙이라고 할 게 뭐람? 그리고 머리에 피가 마르면 어른이 되는 건가? 머리에 피가 마르면 미라 아닌가? 하긴 어른들을 보면 피가 돌지 않는 것처럼 보일 때가 있긴 하다. 박제된 무엇처럼 도무지 생각들을 바꾸려 들지 않으니까. 암튼 진유 엄마, 진짜 완전 대~박이다. 으휴!

6.
인간적인, 너무나 인간적인 우정

"난 반대야!"

아낙스는 단호했다.

"왜?"

"어차피 걔가 겪어야 할 문제야."

"그래도 도와줄 수는 있는 거잖아. 친구인데."

"그래. 친구라서 배고플 때 빵 한 쪽 갈라 먹는 건 가능해. 근데 이건 다른 문제야."

그제서야 은비가 나선다.

"그건 이상한 애 말이 맞아. 우리가 할 수 있는 게 뭐가 있겠냐?"

"그래도 놔두면 아마 진유 잰 저대로 찍소리 한번 못 내고 미국으로 끌려 가게 될지도 모른다구."

나의 걱정과는 무관하게 은비는 여전히 표정이 심드렁했다.

"지옥으로 가는 것도 아닌데 뭘 그래?"

"신은비, 너 진유 끌려갈 때 얼굴 못 봤냐? 그게 지옥으로 가는 얼굴이지 뭐니?"

"하긴…… 걔네 엄마 완전 악마 같더라."

은비의 말에 내가 힐끗 아낙스를 보자, 아낙스는 어깨를 들썩이며 작은 소리로 읊조렸다.

"뭐, 악마도 가지가지니까."

물론 은비나 아낙스의 말이 일리는 있다. 진유를 돕자고 진유네 집 앞으로 애들을 불러 모으기는 했지만, 어떻게 도와야 할지에 대해서는 나 역시 변변하고도 구체적인 대안을 내놓을 게 없었다. 내가 지금 할 수 있는 거라곤 고작 진유를 탈출시키자고 목청만 힘껏 높이는 것뿐이니.

"그래, 네가 진유 부모님 외출 시간을 알아 놓은 뒤에 진유가 CCTV를 뽀개고 나왔을 때, 자전거에 태워서 튄다고 한들 그다음에 어쩔 건데? 너네 집도 다 털리고, 너네 누나도 사실을 다 알게 되었다던데? 어쩔 거야? 네가 게임 속에서는 담도 옆발차기로 다 뽀개 버리고 적들도 한칼에 여럿을 해치우고 박살 내고 별의별 걸 다 하지만, 아쉽게도 여긴 현실이네요."

은비 말이 맞다. 지금 우리는 꼼짝달싹하기 힘든 현실 속에 있다. 멋대로 움직일 수도 없고 시간도 우리 맘대로 쓸 수 없으며 차비 없으면 버스조차 못 탄다. 우리 의지대로 이동할 수 없다는 점에서 우린 날아다니는 새만도 못한 존재다. 우리끼리 멋대로 강원도까지 갔다가 끌려온 뒤의 현실은 더 처참했다. 단속의 후폭풍이 더 심해졌으니까. 하선 양은 내게 이동 위치를 실시간으로 문자 보고하라고 요구했다. 아! 잔인한 현실. 게임에서처럼 다시 도전하고 리셋할 수 없다는 게 정말 아쉽다. 섣부른 도전 뒤엔 처참한 결과만이 잔해처럼 남게 될 테니 자중해야 한다.

그때였다. 저 위에서 하얀 종이비행기 하나가 유유히 낙하하는 게 보였다. '앗!' 하고 본능적으로 위를 올려다보니 12층 창가에 진유가 서 있었다. 우리는 열과 성의를 다해서 힘껏 위를 바라보며 손을 흔들었다. 햇살이 진유네 아파트 뒤쪽으로 배경화면처럼 비추는 덕분에 진유는 검은 실루엣으로만 보였는데 그 모습이 가슴 저미도록 아팠다. 이루어질 수 없는 사랑은 더 절절하고, 닿을 수 없는 손끝은 더 안타깝기 마련이니까. 21세기에 모든 통신 수단을 다 차단당한 진유는 성에 갇힌 공주와 다를 바가 없다. 애석하게도 진유에겐 라푼젤처럼 긴 머리카락조차 없다. 그나마 어젠 진유 엄마가 외출한 시간에 아파트 현관 인터폰으로나마 잠시 이야기할 수 있었지만 오늘은 그것마저 안 되었다. 전사 라이안이 샤산마을에서 검술 시리온을 깨야 하는 어려운 지경에 놓인 것과 다를 바 없었다.

"야! 하돈. 역시 게임 폐인답군. 정신 차려. 넌 전사 라이안이 아니야."

멍 때리며 게임 속 어딘가를 헤매고 있는 내 눈을 똑바로 바라본 아낙스가 콕 집어 지적질을 했다. 난 서둘러 아낙스의 눈을 피해 위를 다시 올려다보았다. 여전히 베란다에서 서성이고 있는 고독한 진유의 실루엣이 보였다.

"자식, 며칠 사이 바싹 마른 거 같네."

안쓰러운 마음으로 읊조린 나의 독백에 아낙스가 굳이 토를 달았다.

"뻥치지 마. 여기서 그게 보이니?"

"난 보여. 마음으로 보면 보인다구."

"괜히 어설프게 감정이입 하지 마. 그건 아무한테도 도움이 안 돼."

"넌 죽어도 모르겠지만, 이건 우리 인간들한테만 있는 인지상정이란 거야. 너희 같은 부류가 뭘 알겠냐?"

연거푸 타박만 주는 아낙스가 얄미워 나도 모르게 아낙스 앞에 굵은 선을 그었다. 난 인간, 넌 악마. 그러자 눈치 빠른 은비가 물었다.

"너희 같은 부류라니? 얘 진짜 외계인이야?"

헉! 난 놀라 호들갑스럽게 정정했다.

"외계인은 무슨 외계인이야? 개뻥이지."

내 말에 은비가 더 오버했다.

"헐, 뻥인 걸 누가 모른다고! 췟! 얘가 외계인이면 뭐가 걱정이겠냐? 이렇게 아파트 아래 오밀조밀 앉아 대책 없이 머리나 굴리고 있을 필요가 있겠어?"

그때 내 머리 위에서 뭔가가 팍! 하고 터졌다. 진유를 구할 수 있을 거라는 섬광과도 같은 희망이랄까? 암튼 그 비슷한 느낌 때문에 난 이를 드러내고 웃었다.

'아! 맞다. 아낙스가 있었지!'

진유네 아파트 앞에서 해산하고 난 뒤, 은비가 버스 타는 것을 확인하고 아낙스를 다시 불렀다. 그러곤 허겁지겁 내 생각을 늘어놓았다. 진유가 시간을 벌 수 있는 기회를 만들어 주자고 아주 완곡하게 부탁했건만 아낙스는 아주 짧고 단호하게 답했다.

"노!"

난 아낙스의 팔을 잡았다. 쉽게 뿌리칠 수 없도록 나의 양팔을 뱀처럼 칭칭 감으면서 '천 원만!' 하고 조르듯이 매달렸다. 애절한 눈빛도 쏘아 가면서. 지금으로선 아낙스 외엔 방법이 없으니까.

"넌 할 수 있잖아."

"할 수 없다는 게 아니라 싫다는 거야."

"왜 싫어?"

"그냥 싫어! 싫고 싫어서 싫으니 싫은데 싫~다니까!"

아낙스는 제복을 입은 군인처럼 절도 있게 도리질을 치면서 '싫다'의 변형체를 늘어놓았다. 아낙스 특유의 강조법 말투이기도 하고 더 이상 말을 섞지 않겠다는 의지의 또 다른 표현이기도 하다. 난 늘 상대방의 의사를 존중하는 편이지만 지금은 미련하고 우직한 곰처럼 달려든다. 이성적인 이유가 아니라 '그냥 싫다'는 감정적인 결정이니, 나 역시 감정에 호소하는 수밖에 없다.

"제~발, 아낙스! 좋고 좋아서 좋은데 좋으면 좋~잖아? 안 그래?"

"노! 우리가 이딴 일 하자고 여기 와 있는 건 아니거든."

"아닌 건 아는데, 네 말대로 우리와 엮였으니까 할 수도 있는 거 아니겠어? 세상에 예외가 없는 일이 어디 있어? 내가 로콜프의 편지를 주운 것도 아주 예외적인 일이잖아? 그러니까 부탁을 들어줘. 너희들한텐 어려운 일도 아니잖아."

"반칙이야."

"어차피 반칙은 어디에나 있어. 반칙이란 말이 왜 있겠어?"

내 말에 어이없단 표정을 짓더니 아낙스가 내 팔을 결연하게 뜯어냈다.

"좋아. 그럼 거절이란 말이 있다는 걸 내가 경험하게 해 주지."

"정말 이럴 거야?"

"어!"

"좋아, 네 말대로 난 너의 도서관인데, 네가 비협조적으로 나오면 내 맘대로 폐업할 수도 있어."

"지금 협박하는 거야?"

"협박이 아니라 윈윈 하자는 거야."

"윈윈? 누가 좋은 건데 윈윈이란 거야?"

"진유 좋고 나 좋고 너 좋고 은비 좋고 그리고 이건 국가에도 좋은 일일 거야. 진유 정도면 쓸 만한 인재인데 건강한 국가의 자산으로 거듭날 수 있는 좋은 기회거든."

"아니, 이건 모두에게 해로운 일이야. 특히 진유에게 해로운 일이야. 그래서 해 줄 수 없어."

"뭐가 해로워?"

"세상엔 공짜가 없으니까. 네 말대로 진유를 전교 1등으로 만들어 주면, 당장 미국행도 자퇴도 막을 수는 있겠지만, 그건 개 힘으로 한 게 아니기 때문에 아무런 득이 안 된다는 거지. 그건 마치 스스로 수영을 배워 보려고 열심히 연습하고 있는 애한테 튜브를 던져 주는 것과 같아. 클 수 있는 기회를 우리가 박탈하는 거지. 넌 지금 개의 일부를 훼손하려는 거야. 그니까 그냥 냅둬!"

"바보냐? 넌 코앞에 불을 끈다는 말도 몰라? 불나서 곧 타 죽을지도 모르는 애한테 넌 한가하게 팔짱 끼고 서서 '스스로 헤쳐 나오는 법을 터득하렴.' 이러냐?"

"비유가 적절치 않아. 차라리 진유한테 지금부터라도 전교 1등을 위해 노력하라고 해. 안 되면 미국을 가든 자퇴를 하든, 그리고 거기서 다시 살아 나오는 법을 스스로 터득하면 되겠지."

"장난해? 걔 한동안 공부 손 놓고 방황했거든. 게다가 번아웃인가 뭔가 땜에 완전 무기력해져서 아무것도 못하는 상태인데 어떻게 이번 시험에서 전교 1등을 하냐? 요즘 고딩들한테 전교 1등이 무슨 껌딱지인 줄 아냐? 걔네 엄마는 진유에게 기회를 주는 척하려고 일부러 가능하지도 않은 조건을 내건 거라구!"

"다시 말하지만, 걔 인생이야. 진유만의 몫이야."

"누가 몰라?"

"누구나 인생에서 스스로 겪어야 하는 하드타임이 있는 거라고. 그걸 누가 대신해 주려고 하는 거 자체가 오버야. 그러니까 넌 이쯤에서 빠지고 돌아가서 게임이나 해!"

게임이나 하라는 말에 갑자기 마음이 상했다. '가서 공부나 해.'라는 말보다 더 기분 나쁘게 들렸다. 마치 내 인생엔 게임만 있다는 식으로 이야기하는 것 같아서 기분이 나쁘기도 했고 한편으론 게임을 비하하는 것 같아서 화가 나기도 했다.

"그래! 근데 나한테 이 일은 게임이야."

말도 안 되는 발상이라고 하겠지만 사실 나에게 이 일은 게임과도 같단 생각도 들었다. 반드시, 기필코, 기어코, 어쨌거나 이기고 싶은 게임. 이건 진유만을 위한 싸움이 아니라 나 자신을 위한 싸움일지도 모른단 생각 때문에 더 아낙스를 졸랐다. 반드시 진유를 구출해야겠다는 사명감은 사선을 뚫고 나가는 라이안과 너무 닮아 있어서 더더욱 포기가 안 되었다. 마치 이 대목에서 실패를 하고 나면 다시는 그 어떤 싸움에서도 이길 수 없을 것 같단 정체불명의 오기 때문에 난 도저히 진유를 포기할 수 없었다.

"진유를 위해서 꼭 이기고 싶은 게임이라 오기가 생긴다구."

"그런 건 오기가 아니라 객기라고 해. 왜냐? 진유를 위한 게 아니니까."

"충고는 됐고! 암튼 날 도와줘."

"노!"

아낙스의 단호한 거절 앞에 난 뭔가 치명적인 자극을 줄 수 있는 말이 하고 싶었다. 그런데 고작 이 말밖에 못했다.

"안 그럼, 나 너랑 친구 안 해!"

내 말에 아낙스는 별 반응을 하지 않았다. 난 약이 올라 한층 더 유치찬란한 말을 던졌다.

"너네 나라로 가! 안 그럼 너 고발할 거야."

말을 뱉은 순간 '아! 이거 넘 유치 뽕짝 아냐?' 하는 자괴감으로 얼굴이 화끈거렸다. 이거 말고 좀 더 설득력 있는 말이 없을까 궁리해 보니 불현듯 언젠가 아낙스가 한 말이 떠올랐다. 내 마음을 읽을 수 있었던 이유를 말할 때 아낙스가 했던 말이다.

'넌 악마의 편지를 머릿속에 넣었기 때문에 일종의 악마의 자력 같은 게 있으니까 가능한 거지.'

이 말을 되짚어 생각해 보니 '맞아! 어쩌면 내 머릿속 자력으로 뭔가를 할 수 있을지도 몰라.' 하는 결론에 다다른다. 아마, 이런 걸 유추라고 하는 거지? 암튼 난 유추한 사실을 근거로 넘겨짚어 말을 던져 봤다.

"그리고 난 내 머릿속 주문을 내 맘대로 쓸 수도 있다구."

"아니! 넌 못 써!"

"물론 넌 그렇게 말하고 싶겠지. 뭐…… 그거야 내가 해 보면 알지."

"위험할 수 있어."

"네가 뭔 상관?"

"……."

잠시 정적이 흐른 뒤, 아낙스는 또록또록 눈을 굴리며 나를 바라보다 묘한 눈빛을 보냈다. 마치 누나가 나를 보면서 쏘아 대던 '한심하다'는 뜻 같기도 하고 한편으론 오래전에 엄마가 나에게 지어 보이던 '안쓰럽다'는 표정 같아 보이기도 했다. 연민과 애정이 씨실과 날실로 엮인 따뜻한 모포 같은 표정이었다. 난 그 눈빛을 쏘이고 난 뒤, 얌전히 처분만 바란다는 심정으로 가만히 있었다. 그냥 그래야 할 것만 같았다.

이윽고 아낙스는 내게 존재감 없이 착지하는 고양이처럼 가만가만 말했다.

“좋아. 하지만 모든 일엔 대가가 있다는 거 잊지 마.”

평상시처럼 톡톡 튀는 말이 아니라서 아낙스의 말이 오히려 더 큰 무게감으로 와 닿았다. 하지만 당장은 성공의 기쁨에 취해 그다지 심각하게 느껴지지 않았다. 그래도 나름 속으로 생각은 해 본다. ‘대가? 그거야 뭐…… 엄마들의 흔한 멘트 같은 거 아니겠어?’ 게임을 더 하겠다고 생떼를 쓰면 엄마들은 더러 이런 멘트를 날리곤 한다. ‘그래, 맘대로 해. 대신 책임은 네가 지는 거야.’ 내 생각에 이 말은 그냥 허락해 주기 억울하거나 쪽팔리니까 괜히 엄마들이 폼 잡아 보려고 하는 말이다. 마찬가지로 아낙스도 그냥 오케이 하기가 머쓱할 테니 하는 말이겠지 싶었다.

“알았어. 인어공주처럼 거품이 된다거나 그딴 거만 아니면 좋다 뭐!”

“인어공주는 사랑에 빠져서라지만 대체 넌 뭣 땜에 이러는 거야?”

“뭐겠어? 당연히 곤경에 빠진 친구를 위한 일이지.”

물론 아낙스의 능력을 한번 보고 싶다는 호기심도 있는 것 같다. 내 머릿속에서 대출받은 주문으로 아낙스가 진유의 성적을 조작하는 걸 한번 보고 싶은 걸지도. 암튼, 그래도 궁극적으로는 누가 뭐래도 나의 대의명분은 우정이다. 인간 본연의 행복권을 침해받는 진유를 구해야 한다는 우정 어린 사명감. 거기에 아마 옳은 일을 한다는 정의감도 약간은 있을 거다.

"인간적인 너무나 인간적인 우정, 넌 절대 모르겠지만……."

"우정? 과연 그럴까?"

"그렇다니까?"

"정하돈!"

"응?"

아낙스는 동그랗게 뜬 눈으로 나를 빤히 보며 말했다.

"너 후회할지도 몰라."

"김새게 그딴 초 치는 말을 왜 해?"

"그렇단 얘기지. 참! 넌 날 위해서 해 줘야 할 게 있어."

"널 위해서? 뭘?"

"세상에 공짜는 없으니까. 나 대신 내 게임 아이디로 접속해서 티어를 올려 줘."

"엥?"

"나도 나름 내 목표가 있거든…… 그걸 이루고 싶어."

"게임을 대신 해 달라고? 오오! 나로선 개꿀이지. 그거야말로 나한텐 마당 쓸고 돈 줍고 아니겠어?"

난 흔쾌히 수락했다. 사실 나로선 나쁠 게 없으니까. 게임을 하는데 친구를 위한 일이라는 인간적인 명분까지 있으니 이보다 더 좋을 게 어디 있담? 게다가 아낙스가 얘기한 게임은 내가 요새 전념하는 게임이었다. '와우!' 환호라도 지르고 싶을 지경이었다. 하지만 내가 너무 좋아하면 말을 바꿀지도 모르니 속으로만 삼켰다. 인간이든 악마든 심리는 거기서 거기일 테니까.

"이게 네가 말하던 대가야?"

"이건 대가는 아니고 조건이지."

"뭐가 그렇게 복잡해?"

그렇게 우리는 서로 윈윈하는 거래를 체결했다. 내가 중간고사 전까지 게임의 티어를 올리고 아낙스는 대신 진유의 성적을 전교 1등으로 만들어 주겠다는 조건으로. 그런데 문제는 이 사실을 진유에게 어떻게 설명하느냐가 과제로 남는다. 진유가 엄마가 내건 전교 1등 조건을 포기하고 손을 들어 버린다면 모든 게 수포로 돌아간다. 그러므로 진유에게 아낙스의 존재를 숨긴 채로는 도저히 이 일이 가능할 수가 없다. 게다가 아낙스가 원하는 선까지 티어를 올리려면 내가 게임에 전념해야 하는데, 그러기 위해서는 누군가의 협조가 꼭 필요했다. 그래서 진유에게 서둘러 이야기해 주기로 결정을 내렸다.

일단 진유의 아파트 우편함에 편지를 남겼다. 자세한 건 나중에 다 말할 테니 묻지도 따지지도 말고 나만 믿고 일단 '전교 1등'이라는 엄마의 조건을 수락하고 학교에 나오라고. 내 편지를 받은 다음 날 진유는 등교를 했다. 내 말을 믿어 줘서 고맙다고 하자, 진유는 어차피 집에 갇혀 있는 것에 한계를 느껴서 일단은 나올 작정이었다며 고마운 마음은 도로 가져가란다. 야박한 놈! 아닌 게 아니라 나를 크게 믿고 나온 건 아닌지 진유는 내게 아무것도 묻지 않았다. 그래서 할 수 없이 내가 먼저 놀라지 말라고 호들갑을 떤 뒤 먼저 아낙스의 존재에 대해서만 입을 뗐다.

"어쩐지……."

내 말을 들은 진유는 약간 놀란 눈치만 보일 뿐 진짜 평화로운 반응을 보였다. 호들갑을 떤 내가 무안할 지경이었다.

"뭐야? 별로 안 놀라네?"

"놀라운 사실이긴 하지만 네 말대로 그다지 위험부담은 없는 존재라니까. 게다가 아낙스 걔랑 하룻밤 같이 있어 봤잖아. 이상한 거 외엔 특별한 게 별로 없던데?"

"그래도 상대는 악마라구!"

"세상엔 우리가 몰라서 그렇지 도처에 놀라운 일들이 있을 거야. 도플갱어, 좀비, 외계인, 악마 다 가능해. 가능한 일이니 놀랄 것도 없지."

"쿨하네."

"사실 난 지금의 내 현실이 더 놀라워."

"뭐가?"

"그렇잖아. 엄마랑 나랑 다른 사람인데 엄마 맘대로 하려고 나를 가둔다는 게 말이 돼? 심지어 키도 내가 더 크다고. 그리고 같은 나라 말을 쓰는데도 말이 하나도 안 통해. 놀랍지 않냐? 게다가 우리 아빠는 아무리 주말에만 올라오신다고 해도 그렇지, 어쩜 그렇게 내 문제에 무관심할 수가 있어? 무조건 엄마 말을 따르래."

"너네 아빠도 엄마한테 꼼짝 못하시나 보네."

"아니. 신경 쓰기 귀찮아서 그러는 거야. 돈 버느라 바쁘대. 암튼 엄마는 이번엔 기어코 미국으로 나를 보낼 작정인 것 같아. 중학교 때부터 귀에 박히도록 한 얘긴데 내가 계속 거부했었거든."

"그러니까 이번에 네가 전교 1등을 하면 돼."

"헐! 말이 되냐?"

"할 수 있어."

"어떻게?"

"수리수리 마수리로."

진유는 고개를 갸우뚱대다 말했다.

"혹시…… 아낙스?"

"어."

어차피 일회성 전교 1등이란 게 미봉책이긴 하지만, 그래도 시간을 벌 수 있다는 점에서는 진유도 동의를 했다. 그리고 1등을 하고 나면 엄마에게 말발이 세질 수 있으니, 그걸 계기로 지방에 계신 아빠와도 협상을 해 보겠다며 의욕에 불탔다. 진유의 아빠는 여수에 있는 정유 회사 사장님이라 바빠서 집안일엔 거의 신경을 안 쓰는 걸 원칙으로 하시지만, 일단 원칙을 바꾸면 그 부분엔 반드시 약속을 지키시는 분이란다. 그래서 이참에 전교 1등으로 딜을 해 볼 작정이란다. 진유는 수학경시대회에서 수상한 뒤로 의대를 가야 한다고 강요당하고 있지만, 자신은 절대 이과 체질이 아니고 체육교육학과에 가서 스포츠심리학을 공부해 보고 싶단다. 모처럼 지어 보이는 진유의 의욕에 찬 표정을 보고 있자니 내 마음이 뿌듯해졌다. 안 먹어도 배가 부르단 어른들 표현이 뭔지 알 것 같았다.

"근데 아낙스가 요구한 점수대로 올리려면 넌 게임을 무식하게 해야 할걸? 실버에서 다이아까지니까…… 최소 삼백 판 정도는 해야 하는데……. 삼백 판이면 한 게임당 사십 분이라고 치면 만이천 분이고, 그럼 만이천 나누기 육십이면 이백 시간인데 우리가 학교에 있는 시간이랑 자는 시간은 뺀다 치면 하루 다섯 시간이 최대치이니까 그걸 이백 나누기 오로 하면 결국 넌 사십 일 동안 매일 게임을 해야 한다는 소리야."

"어. 해야지. 어차피 난 게임을 좋아하니까."

"한 달하고 열흘을 다른 데 투자하면 네 인생이 달라질 수 있을지도 모르는데?"

"설마 한 달하고 열흘에 인생이 달라질까?"

"왜? 시작이 반이라는데 한 달하고 열흘이면 뭐든 제대로 된 시작을 할 수 있는 시간이라구."

"그렇게 이야기하니까 쫌 그런데…… 그래도 해야지. 약속이니까."

"근데 게임 지겹지 않냐?"

"지겹긴? 내가 하는 게임 같은 경우는 내가 선택할 수 있는 캐릭터가 백 개가 넘거든. 한 캐릭터로 하면 할수록 그 매력에 빠지고, 그 캐릭터에 질리면 다른 캐릭터를 선택하는데 경험상 한 캐릭터에 질리는 경우는 백 판 이상 할 때쯤이거든."

"그게 그렇게 재밌냐?"

"응. 못 하게 해서 몰래 하느라 힘들었는데, 이젠 일처럼 명분을 가지고 하는 거니까, 당당히 할 수 있을 것 같아."

"어떻게 당당하게 해?"

"아니, 물론 누나한텐 거짓말을 해야 하지. 하지만 적어도 나 스스로한텐 당당할 수 있잖아. 암튼 뺑치는 건 네가 도와줘야 해."

"물론이야."

"그럼 만사 오케이네."

"그러네. 숨통이 트인다."

"휴! 네 숨통이 트인다니 기쁘다. 기쁘고 기뻐서 기쁘니 기쁘게 기쁘다."

다소 방정맞아 보이는 나의 '기쁘다' 변형체 나열을 듣던 진유가 신기한 듯 바라보더니 물었다.

"너 지금 뭐한 거야?"

"어? 기쁘다의 최상급을 표현하려다 보니까……."

"최상급? 근데 네가 그렇게까지 기쁘다고 하니까 왠지 내가 부담을 안 느껴도 될 것 같은 생각이 드네."

"그게 무슨 소리야?"

"아니, 네가 내 일을 도와주느라 게임을 하는 건데 네가 그렇게까지 기쁘다니까 내 일이 아니라 마치 네 일을 하는 것처럼 여겨진다구."

"물론 네 일인데…… 네 일이 이뤄지게 한 게 나라고 생각하니 내 일인 거 같아서……. 아 씨! 야! 그게 뭐 그렇게 중요하냐?"

마음을 나눠 주는 우정으로 하는 일에 뭐 저렇게 '네 일, 내 일'을 따지는 건지 새삼 의아했다. 진유가 워낙 자신만을 위해 시간을 쪼개서 살아온 게 버릇이 되어서 그런가 보다 싶었다.

그날 밤, 침대에 누워 있는데 자꾸만 진유의 이야기가 떠올랐다. 복잡한 건 질색이라 꼬치꼬치 따지는 이야기는 늘 건성으로 넘기듯 들어 버릇하는 편인데, 이상하게 낮에 진유가 한 말이 머리 위에 둥둥 떠 있는 커다란 애드벌룬처럼 결코 미약하지 않은 존재감을 드러내며 나를 자극했다.

'최소 삼백 판 정도는 해야 하는데…… 삼백 판이면 한 게임 당 사십 분이라고 치면 만이천 분이고 그럼 만이천 나누기 육십이면 이백 시간인데 우리가 학교에 있는 시간이랑 자는 시간은 뺀다 치면 하루 다섯 시간이 최대치이니까 그걸 이백 나누기 오로 하면 결국 넌 사십 일 동안 매일 게임을 해야 한다는 소리야.'

한번도 내가 한 게임을 시간으로 환산해서 곱해 보고 그걸 날수로 계산해 본 적이 없어서 그런 발상이 약간 신선했다고나 할까? 그런데 그 가운데 간담을 서늘하게 하는 묘한 기운이 나를 관통한다. 실체를 알 수 없는 그 묘한 기운은 내 몸 구석구석을 헤집고 다니다 마침내 내 귀에 대고 해독불가의 말을 속삭이는 것 같다. 으, 이건 뭐지?

7.
허들 넘기

오늘은 다섯 시간을 해서…… 티어를 많이 올렸다. 게임을 하고 나오는 길엔 약간 뿌듯함을 느꼈다. 수치로 환산되는 점수를 누군가에게 제공한다고 생각하니 알바를 하고 나온 기분이었다.

집에 들어오자마자 샤워부터 했다. 피시방에 다녀오면 이상하게 늘 담배 냄새가 나는 것 같다. 요즘은 실내 금연이라 피시방 안에서는 냄새가 안 배지만, 쉬는 시간에 건물 뒤에서 담배를 피우는 애들하고 같이 떠들다 보면 냄새가 약간 스민다. 그래서 집으로 오면 누나의 마음을 편하게 해 주기 위해 샤워부터 한다. 이건 어디까지나 누나를 위한 특급 서비스다. 안 그래도 누나는 요새 무슨 자격 시험 때문에 눈코 뜰 새 없이 바쁜데 나 때문에 괜한 의심하느라 에너지를 쓰는 게 싫어서다. 물론 그건 괜한 의심이 아니라 사실이지만, 지금으로선 누나가 안다 한들 내가 피시방에 안 갈 수도 없는 상황이므로 누나가 그 사실을 모르는 게 낫다는 소리다. 피할 수 없다면 어차피 누나도 그냥 받아들여야 하므로, 이럴 땐 거짓말이 약이 된다는 게 나의 지론이다.

"하돈! 이거 마셔."

누나는 내가 좋아하는 미숫가루를 타서 방으로 들고 왔다.

"안 하던 공부를 하니 피곤해 보이네."

"하던 공부라도 어차피 공부란 건 태생적으로 피곤한 거거든."

"그래, 공부가 너하고 좋은 인연은 아닌가 보다."

"누나! 말이 씨가 된대."

누나는 평상시답지 않게 내 젖은 머리카락을 다정하게 위로 쓸어 올려 주었다. 이런 식이면 곤란하다. 누나의 친절은 나의 양심의 정수리를 내려치는 격이므로 되도록 피하고 싶다.

"나…… 이제 잘게. 새벽에 할 게 있어서."

"그래. 아 참! 맞다. 은비는 만났니?"

"아니? 왜?"

"아까 너 전화 안 받는다고 집으로 했던데? 그래서 진유랑 같이 있다고 했어."

"그래?"

요새 진유와 나는 알리바이를 위해 같은 독서실을 끊었다. 독서실에 입실 문자를 찍고는 같이 지하 피시방에 가 있다가 10시쯤 다시 독서실에 들렀다 나와서 퇴실 문자를 찍는 이중생활을 한다. 진유는 체질적으로 게임을 안 좋아하는 터라 그냥 이런저런 검색을 하면서 나와 같이 시간을 보낸다. 처음에 누나는 몇 번 확인차 진유에게 전화해 보더니, 이제는 완전히 믿는 눈치였다. 물론 나중에 내 시험 결과를 보고 놀랄 수 있겠지만, 공부를 해도 성적이 안 오르는 타입도 있다는 걸 누나 정도 살아 본 사람이라면 잘 알 거라고 생각한다. 물론 그게 바로 누나의 동생이란 사실은 몹시 비극적으로 받아들이겠지만. 난 이 세상 모두가 다 공부를 잘하고 살 수는 없다고 생각한다. 우리 집에선 대표선수로 누나가 공부를 잘하고 있으니 그걸로 만족한다. 그리고 누나 입으로 먼저 뱉은 말도 있으니까. '공부가 너하고 좋은 인연은 아닌가 보다'라고.

"근데 은비 걘 왜 네가 요새 진유랑 공부한다니까 그렇게 놀라냐? 공부는 뭐 자기만 하나?"

"변화에 빠르게 적응을 못하는 애인가 봐."

"참! 그리고 안낙수? 그런 애를 아냐고 묻던데, 걘 또 뭐야?"

"글쎄……."

"자라. 불 꺼 줄게."

난 누나의 친절에 보답하기 위해 바로 잠자리에 들었다. 아닌 게 아니라 종일 게임을 했더니 눈이 시큰거려서 눈을 계속 뜨고 있을 수가 없었다. 눈을 감고 있어도 내 눈 속엔 게임의 잔상이 남았다. 미니언들이 요동치며 파밍 하는 모습이 검은 그림자로 내 눈과 머릿속에 들고났다.

그나저나 내일은 은비가 이것저것 캐물을 텐데 그것도 걱정이었다. 그동안은 용케도 피해 다녔는데 드디어 은비라는 허들 넘기를 해야 할 때가 온 거다. 누나한테처럼 쉽게 넘어가지 않을 텐데……. 진유하고 공부를 한다면서 피시방에 죽치는 것도 그렇고 아낙스에 대해 앞뒤가 안 맞는 이야기를 한 것도 틀림없이 캐물을 테고……. 그렇다고 은비한테까지 아낙스의 존재를 밝히는 건 좀 그렇다. 은비는 그리 호락호락한 애도 아닌 데다 나름의 기준이 분명해서 한번 아니다 싶은 부분이 있으면 절대 그냥 넘어가지 않는다. 그러므로 일을 그르치지 않으려면 최후의 순간까지 버텨야 한다. 아낙스에 관한 이야기는 물론 아낙스를 상대로 벌인 이 윈윈 스토리까지도 말이다.

그런 의미에서 다음 날은 진유와 길 건너 약국 건물 지하 피시방에 있었다. 혹시 은비가 찾아올지도 모른단 생각이 들었기 때문이다. 두 시간쯤 지났을 때 아낙스가 와서 합류해 같이 세 시간 넘게 계속 게임을 했다. 저녁 10시가 되어서 지하 계단을 올라가는데 계단 끝에 서 있는 은비를 발견했다. 약간 섬찟했다. 은비의 표정이 이미 많은 말을 하고 있었기 때문이다.

"야! 너네 뭐야? 하돈이 넌 내 전화도 계속 씹고."

"어? 아니 그게……."

내가 버벅거리자 아낙스가 답했다.

"뭐긴 뭐야. 보시다시피 그냥 게임 하고 나오는 거지."

"진유 너도 게임 한 거야?"

"나? 어. 그렇다고 볼 수 있을 거야."

"대답이 왜 그래?"

"왜? 대답이 뭐가 어때서?"

다들 겉도는 애매모호한 태도를 보이자, 은비는 얼굴이 일그러지는 듯하더니 얼른 다시 표정을 바꿔 떡볶이를 먹자고 제안했다. 하지만 그 누구도 대답은 않고 딴전만 피워서 할 수 없이 내가 작은 소리로 중얼거렸다.

"뭘 먹기엔 너무 늦은 시간인 듯……."

사실 이제 우리는 바로 독서실로 들어가서 퇴실 문자를 찍고 가방을 찾아 들고 나와야 하기 때문이었다. 그때였다. 갑자기 은비가 양손으로 얼굴을 가리더니 울기 시작했다.

"흑흑흑."

정말이지 너무나 의외의 반응이어서 난 어떻게 해야 할지를 몰랐다. 여태껏 보아 온 은비의 모습이 아니다. 저렇게 울기도 하는구나……. 늘 당차고 똑 부러지고 나에겐 하선 누나보다도 더 누나 같은 친구였는데 저렇게 애처럼 길에 서서 울다니…….

은비는 울다 말고 급기야는 발을 구르기도 했다. 자기 자신이 울고 있다는 사실 자체가 분해서 그러나 보다. 당황스러워 아낙스와 진유를 바라보니 멀뚱하니 보고만 있을 기세다.

"은비야, 울지 마! 떡볶이는 다음에 먹자. 응? 떡볶이는 우리를 기다려 줄 거야."

물론 떡볶이 때문이 아니란 건 알지만 나름 유머로 애드리브를 쳐 보았다. 그러자 은비는 급기야 어깨까지 들썩이며 소리 내어 울어 대기 시작했다. 그때 마침 지나가던 아줌마 세 명이 우리를 이상한 눈으로 바라보았다. 우리가 은비를 때리기라도 했다고 믿는 건지 온전한 시선들이 아니었다. 거의 째려보는 수준이랄까? 그래도 섣불리 개입할 생각들은 전혀 없으신 듯 아줌마들끼리 작은 소리로 수군거리기만 했는데 난 아니라고 양팔을 들어 흔들어 보이고 싶을 지경이었다. 참다못한 아낙스가 은비에게 차갑게 쏘았다.

"야! 뚝 그쳐. 뭐야 쪽팔리게."

그러자 은비는 흰자가 허옇게 보이게 아낙스를 한번 째려보더니 후다닥 길을 건너 뛰어갔다. 잡을 새도 없이 바람처럼 사라져 어둠 속에 묻혀 버렸다. 사실 이 대목에서 내가 뛰어가서 은비를 잡아야 하는 게 맞는 일이지만, 지금으로선 도저히 그렇게 할 수가 없었다. 은비와 단둘이 있기가 겁이 났기 때문이었다. 틀림없이 은비는 나를 상대로 꼬치꼬치 물을 테고 그렇게 되면 난 은비가 던져 놓은 진실 찾기 그물에 덜컥 걸릴 게 뻔하다. 난 일회성 거짓말로는 잘 둘러대는 편이지만, 이런 식으로 펼쳐진 잔 그물을 피해 다니며 교묘하게 거짓말을 둘러대는 재주는 없다. 거짓말은 새로운 거짓말을 불러들여서 그럴싸하게 파티를 벌이지만, 거짓말이란 것 자체가 다리가 많이 달린 지네처럼 태생적으로 촉수가 많아서 그만큼 걸리기가 쉽기 때문이다. 화려하고 능숙하게 돌려 막기를 해도 반드시 어딘가에서 걸리게 되어 있다. 어딘가에 묻혀 있을지 모를 지뢰를 밟을 상상을 하니 아찔해졌다.

울면서 뛰어간 은비를 떠올리니 새삼 맘이 안 좋았다. 그래서 난 괜히 아낙스를 잡았다.

"야! 말 좀 부드럽게 하지!"

"찌질하게 왜 우냐구? 불만 있음 말을 하든지……. 우리가 뭐 뒷담을 깐 것도 아니고 게임만 하고 나온 건데……."

"하긴……."

내가 아는 은비는 거침없이 감정 표현도 하고 솔직하게 불만도 털어놓고 구체적인 희망사항까지도 대안으로 제시하는 극히 이성적인 성격이다. 근데 왜 느닷없이 울기부터 한 건지 정말 이해가 되지 않았다. 그러자 진유가 분석을 내놓았다.

"며칠씩 연락이 안 되다가 우리끼리만 다니는 걸 보고 섭섭했나 보지. 은비가 왕따를 당해서 학교를 관두게 된 거라며? 그러니까 어쩜 우리가 걔의 트라우마 같은 걸 건드렸을지도 몰라."

"아! 그럴 수도 있겠네."

너무 마음을 못 헤아렸나 싶어 갑자기 은비에게 미안해졌다.

그래서 다음 날, 진유에게 임무를 주었다. 난 은비를 따로 만날 자신이 없으니 비교적 이성적인 네가 가서 은비에게 어떻게든 변명을 해 진정시켜 보라고. 그랬는데 진유가 돌아와서는 이상한 소리를 했다.

"은비가 너한테 배신감을 느꼈나 봐. 그래도 널 친구로서 정말 믿었는데…… 거짓말을 할 줄은 몰랐다며…… 학교를 관둘 때보다도 더 큰 충격이었다고까지 말하더라. 그러고는 아낙스와 네가 사귀는 사이인 것 같다며…… 그렇지 않고서야 자기를 굳이 그런 식으로 따돌릴 이유는 없다면서……그러면서 또 눈물을 찔끔거리는데…… 황당해서 혼났어."

"엥? 그래서 뭐라고 했어?"

"그냥 그건 절대 아니라고만 했어. 할 말이 있어야지. 그러고 나서 아낙스에 대해 자꾸 캐는데 미치겠더라."

아마도 은비는 전에 진유네 집 앞에서 모여 있다가 헤어지던 날, 자기를 보내고 아낙스와 내가 단둘이 만나서 이야기하는 장면을 목격한 모양이었다. 그리고 아낙스가 다닌다고 말한 학교도 알아보니 다 사실이 아니었다며, 내가 거짓말까지 할 줄은 정말 몰랐다고 크게 실망한 눈치더란다. 하긴 은비와 나는 유치원 때부터 자그마치 거의 십여 년의 시간을 함께한 친구다. 엄마가 돌아가셨을 때도 은비는 내게 제일 큰 위로가 되어 주었고, 은비가 반 아이들한테 왕따를 당해서 학교를 관둔다고 했을 때에는 나 역시 은비에게 큰 위로가 되어 주었다. 어려울 적마다 서로의 속내를 번갈아 내보이며 감정의 품앗이를 해온 친구라고나 할까? 은비 집에서나 우리 집에서도 은비와 나를 두고 오누이 같단 말을 할 정도였는데, 내가 거짓말로 자신을 따돌린다고 느꼈을 때 그 배신감이 얼마나 컸을까를 생각하니 견딜 수가 없었다. 언젠가 은비 아빠가 딴 아줌마랑 산다고 인사도 없이 집을 나가 버렸을 때, 은비가 배신감은 절벽 아래로 떨어져 나뒹구는 느낌과 같다고 생생하게 묘사한 적이 있다. 해체된 레고 조각처럼 몸은 산산조각이 나 있는데도 아픈 마음이 더 커서 몸을 못 추스르게 되는 그런 상태라며.

"어떡하지?"

"악마의 편지에 대해 은비한테 이야기한 적이 있다며? 그렇담 말해도 되지 않을까?"

"그렇긴 하지만, 은비는……."

왠지 은비에게 모든 걸 털어놓는다는 게 편치 않았다. 늘 그렇듯이 하나에서 열까지 짚어 내고 심지어 경우의 수까지 조목조목 끌어내는 은비의 특성 때문이다. 꼼꼼하고 치밀한 게 은비의 장점이기도 하지만 한편으론 그건 은비의 치명적인 단점이기도 하다. 사실 은비가 학교를 관두게 된 것도 결국 그런 기질 때문이었다. 몇몇 아이들이 떠들어 댄 선생님에 대한 별것도 아닌 시시껄렁한 뒷담을 은비가 끝까지 추적해서 일일이 따지고 들었던 게 결국 반 아이들 모두에게 공격받게 된 계기가 된 것이다. 매사에 지나치게 투명하려 드는 게 좋지 않다는 걸 은비를 통해서 배웠다. 물론 나처럼 얼렁뚱땅 넘어가는 것도 결코 좋은 건 아니지만. 암튼 은비와 난 그런 면에서는 양 극단에 놓여 있다. 그래서 서로 편하게 지낼 수 있는 걸지도 모르겠다.

아직도 아낙스에 대한 사실을 밝히는 게 맞는지 모르겠다. 그래도 은비가 배신감 운운하면서 슬픔에게 멱살잡이를 당한다든가, 우리 우정이 그 문제 때문에 막다른 길에 다다르게 된다면 어쩔 수 없이 사실을 뱉어 낼 수밖에 없겠다는 생각이 들었다. 진유가 말한 대로 은비가 나 때문에 치명적인 마음의 상처를 입었다면 그걸 풀어줘야 하는 게 나의 의무이기 때문이다. 은비의 오랜 친구로서 절벽 아래 떨어져 있는 은비를 위에서 내려다보고만 있을 수는 없으니까. 진유를 위한 아낙스와의 원윈도 중요하지만, 그것 못지않게 은비와의 우정도 나에게 중요한 문제란 결론이 섰다.

그래도 최후의 순간까지는 끝까지 버텨 보자는 심정이었는데, 집에 들어서니 어이없게도 은비가 와 있었다. 우리 집까지 찾아오다니…… 훅 치고 들어오는 데는 은비를 당할 자가 없다. 은비를 보자 돌아 나갈 길이 없는 막다른 골목에 들어선 기분이 들었다.

다행히 누나는 집에 없었다. 대신 은비는 마침 집에 와 계신 새엄마와 함께 사이좋게 앉아 과일을 까먹고 있었는데, 마치 하선 누나처럼 누나의 자리에 앉아 누나나 할 법한 멘트를 마구 날리고 있었다. 덕분에 은비는 남의 집 새엄마와 같이 있으면서도 나까지도 전혀 어색하지 않을 만큼 화기애애한 분위기를 잘 연출했다. 오죽하면 늘 '하돈 군'이라고 부르던 새엄마까지도 잠시 균형을 잃고 '우리 하돈이'란 표현을 썼을까 싶다. 이를테면 이런 식이었다.

"은비 넌 참 조숙하구나? 우리 하돈이 샛길로 안 새게 도와줄 거지?"

"물론이에요. 누구나 샛길로 빠질 수는 있지만 친구가 있다면 돌아 나오는 길 정도는 애써서 가르쳐 줄 테니까요. 하돈이도 전에 저한테 그렇게 해 줬거든요."

"너희들 유치원 친구라며? 좋은 친구가 있어서 참 든든하겠네?"

"네. 세월이 우리에게 준 선물인 거 같아요."

마치 국가 대표급 배드민턴 선수라도 된 듯이 새엄마가 날린 공을 척척 받아 낸다. 은비의 살가운 말솜씨는 새엄마의 볼에 흐

못한 보조개를 계속 만들어 냈고 내 온몸은 닭살이 되었다. 그랬건만 그걸로는 성에 안 차는지 심지어 은비는 내가 소파에 앉으려고 하자 내 등짝을 치며 이딴 진부한 말도 했다.

"외출했다 들어오면 손부터 씻어야지!"

그런 은비를 보는 순간 이물감이 확 느껴졌다. 물론 은비의 태도가 낯설어서는 아니다. 은비는 늘 그래 왔으니까. 오죽하면 별명이 애어른일까? 하지만 지금 이 순간, 엄청난 비밀을 공유할 수 있는 멤버로 채택할까 말까 하는 중차대한 시점에서는 다르게 받아들여진다. 생경한 이물감. 도저히 은비는 우리의 영역을 이해하지 못할 거라는 거리감에서 생기는 이물감이랄까?

우리의 영역이라 함은 아낙스란 존재는 물론이요, 아낙스와 맺은 윈윈 계약까지를 말하는 것이다. 그건 마치 상상의 나래를 타 보지 못한 사람에게 상상의 나래를 탈 때의 그 기분을 묘사할 때 나 스스로 느끼는 뻘쭘함과도 비슷한 느낌이라고 보면 된다. 도저히 섞이지 못할 그런 사이가 있다. 물과 기름 같은. 월요일 등교 시간 교문 앞에 짝다리로 서서 막대기를 휘두르는 학생주임한테,

"학교 오는 길에 나뭇잎 사이로 아침 햇살이 유리 조각처럼 쏟아져 내리는데 그 모습이 너무 눈부시게 아름다워서 잠시 넋 놓고 바라보다 늦었어요."

이딴 황당무계한 말을 지저귀면 선생님이 "오냐!" 하겠느냐

말이다. 이렇게 도저히 접점을 찾을 수 없는 거리감을 둔 사이가 있기 마련이다. 암튼 은비는 우리의 영역에 들어올 만한 요원이 될 수 없겠다는 생각이 들었다. 그래서 모든 걸 다 털어놓으리라 결심했던 것과는 달리 난 은비에게 딴소리 아니 헛소리를 즉흥적으로 늘어놓게 되었다. 잠시 은비를 격리시켜야겠다는 의도로.

언젠가 우리 반 바람둥이 윤재가 자기 여친에게 잠시 냉각기를 갖자며 '관계의 일시정지'를 선포하는 걸 본 적이 있다. 난 그걸 차용하기로 했다. 은비와 난 사귀는 사이는 아니니 느닷없는 일시정지는 설득력이 없을 테니까, 잠시 내 맘이 흔들리고 있다고 말하면 될 것 같았다. 은비에게 상처를 주지 않으면서도 시간을 벌 수 있는 좋은 하얀 거짓말이란 확신이 들었다. 물론 상황이 종료된 뒤에 모든 걸 설명하면 은비가 이해해 주리라는 믿음도 있었다. 그 정도의 아량은 있는 애니까. 다만 일이 성사되기 전까지는 분명한 거리 두기를 해야 한다.

새엄마가 집으로 돌아가고 은비와 단둘이 남게 되자 나는 조심스레 말을 꺼냈다.

"은비야, 있지…… 중간고사가 끝날 때까지만 우리 만나지 말자."

"뭐?"

"사실은…… 요즘 내가……. 너한테……."

"나한테 뭐?"

"난…… 네가 요새 갑자기 낯설고…… 암튼 혼란스러워서…… 사실은 그래서 아낙스에게 의논도 하고 그랬는데……."

말을 지어내려니 버벅거리고 땀까지 삐질삐질 나기 시작한다. 그런데 그게 은비에겐 나의 절박함으로 해석되었나 보다. 난 아직 본론을 꺼내지도 않았건만 은비는 여자들에게만 장착되어 있다는 직감인가 뭔가 하는 감각으로 나를 스캔한 뒤 맘껏 오버를 한다. 고마울 따름이다. 아마도 직감이란 것도 그다지 정확한 감각은 아닌가 보다. 쉽게 속아 넘어가는 걸 보니.

"낯설다니…… 그게 혹시…… 내가 여자로 보인단 소리야?"

차마 말로 못 하겠기에 고개만 끄덕였다. 나를 보던 은비의 눈빛이 순식간에 농밀해졌다. 눈빛에 요염함이 묻어나는 걸 보니 진짜로 은비가 낯설다. 그래도 내 등짝을 후려치거나 아님 뭔 소리냐고 타박을 늘어놓으면 어떻게 거짓말을 더 이어야 할까 무지 걱정했는데 그게 아니니 차라리 다행이다. 자발적으로 뒤처리를 다 해 주다니 고마운 친구가 아닐 수 없다.

"음…… 그래서…… 날 피한 거구나?"

길게 이야기하고 싶지 않았다. 난 얼른 본론으로 들어가서 이 어색한 거짓말을 빨리 마무리 짓고 싶었다.

"그래서 말인데…… 중간고사 끝날 때까지만 내가 생각할 시간을 줘. 당분간 관계의 일시정지를 하자고."

알았어, 하는 대답과 함께 은비가 발딱 일어나 자기 집으로 돌아가 주길 정말 마음속으로 간절히 바랐건만, 은비는 결코 그러지 않았다. 마치 나의 고백을 즐기기로 작정한 듯이 꼬치꼬치 캐묻기 시작했다. 지독한 고문과도 같은 시간이 이어졌다.

"언제부터야?"

"뭐가?"

"내가 여자로 보이기 시작한 게?"

"글쎄 그건…… 어느 날 벼락이 떨어지듯이 시작되는 게 아니잖아. 그건 마치…… 어디서 오는 바람인지 모르듯이."

"바람…… 어디에서 오는지 모르는 바람이라니…… 짱 멋있다."

근사해 보이기 위해서라기보다는 알리바이를 위해 말을 돌린 건데 은비는 내 말을 음미하며 황홀하다는 표정을 지었다. 아! 이건 아닌데.

"네가 강원도에 온다고 했을 때 나도 이상한 기분이 들기는 했어."

난 정말 깊이 들어가고 싶지 않았다. 은비가 쿨하게 '그래!' 그러고 끝내야 맞는 건데 이런 식이면 정말 곤란하다. 은비는 천신만고 끝에 얻어먹게 된 비싼 초콜릿을 혀로 핥아먹듯이 이 분위기를 즐길 작정인 것 같았다. 안 해도 될 이야기를 은비는 늘어놓기 시작했다.

"사실은…… 나도 너한테 고백하고픈 게 있어. 너도 알다시피 난 친구가 별로 없고 그래서 난 너를 내 친구로서만 생각했었는데…… 네가 이성이란 생각은 단 한 번도 한 적이 없었거든……. 근데 그날 네가 날 따돌리고 아낙스랑 단둘이 만나는 걸 봤는데…… 순간, 조명이 꺼지는 듯한…… 너 암전 알아? 칠흑 같은 어둠 말야. 내 존재마저 없어진 그런 느낌이 들었다구. 얼마나 충격적이던지……."

안다. 대답은 안 했지만 난 지금 암전 상태다. 어차피 내게 대답을 원한 질문이 아니라는 듯이 은비는 보란 듯 계속 조잘댔다. 마치 일인극을 하는 배우같이.

"그런 거 있잖아, 공기가 있을 땐 모르지만 없어 봐야 숨이 막히는 걸 느끼면서 공기의 존재를 알듯이…… 너를 잃을지도 모른단 느낌이 든 순간…… 너를 처음 의식하게 된 거야. 그날 밤에 곰곰이 생각해 봤는데 난 네 앞에 있을 때 비로소 나를 느낀다는 걸 깨달았어. 혼자 있을 때의 나는 그닥 매력적인 느낌이 안 드는데 네 앞에 있을 때의 나는 마치 조명이 켜진 근사한 불빛 아래 서 있는 배우 같다는 느낌이 드는 거야. 그래서 내가 너를 잃을지도 모른단 생각에 암전을 느낀 거지. 내가 알기론 이건 사랑이란 걸 거야."

오! 사랑? 제발! 그만! 리모콘이 있다면 일시정지 버튼을 누르고 싶은 맘이 절절했다. 컴퓨터 자판이 내 앞에 있다면 삭제 버튼을 마구잡이로 두들겨 대고 급기야는 전원까지 완전히 뽑아 버리고 싶은 순간이다. 알 수 없는 묘한 말을 계속 뱉어 내는 은비가 이쯤에서 제발 입을 그만 닫아 주길 바라는 마음에 나도 모르게 소리를 쳤다.

"얼음!"

검지를 쌍으로 들어서 힘 있게 명령했건만, 나의 카리스마는 씨도 먹히지 않았다.

"땡! 아니, 내 얘기 좀 더 들어 봐. 그러니까 결국 너랑 나랑은 지금 같은 감정을 느끼고 있는 거 아닐까? 사랑은 사람을 나약하게 만든다더니…… 사실 나도 내가 그날 그렇게 울지는 정말 몰랐거든. 하지만 난 사랑이 궁극적으로는 사람을 완성시키는 거라고 생각해. 네 앞에 선 나 자신이 더 괜찮아 보이기 위해서 난 애쓰고 노력하려는 힘을 갖게 되었으니까."

은비는 들떠 있다. 무엇이 은비를 이렇게 만든 거지? 내가 뭔가 엄청나게 큰 잘못을 저지른 게 아닐까 하는 후회가 엄습했다. 꺼내지 말았어야 할 이야기를 내가 꺼낸 게 분명하다. 건드려서는 안 될 버튼을 눌러 돌이킬 수 없는 일을 벌인 게 아닐는지……. 요술램프 속에서 나온 무식한 덩치의 요정 지니가 설레발치는 모습을 보고 있는 것 같은 기분이 든다. 은비가 무식한 요정 같다는 소리는 아니고 '사랑'이라는, 나에겐 낯설고 어색하기 짝이 없는 것이 바로 그 요정처럼 여겨진다. 버겁고 부담스럽다.

"글쎄……."

"그렇담 네가 혼란스러울 이유가 없잖아. 우리가 동시 상영을 하고 있다면 그냥 우린 서로 사귀면 되는 거잖아. 앞으로는 커플로 서로에게 힘이 되어 주는 거야. 나쁠 거 없잖아."

"잠깐! 근데 이건 내 감정인데 그것까지 네가 명령할 수는 없다고 봐. 그러니 당분간만 우리 일시정지를 하자구."

"나를 좋아하는 게 그렇게 복잡한 일이야? 내가 보기에 넌 그런 캐릭터가 아닌데……."

"암튼, 무조건 일단 일시정지! 그래 봤자 이제 딱 일주일 남았다구."

그제서야 은비는 내가 그토록 듣고 싶어 하던 말을 했다.

"좋아. 기다려 볼게."

휴! 그렇게 일단락 지었다. 간신히 은비라는 허들을 넘은 셈이었다.

일단은 모두로부터 자유로울 수 있는 시간을 번 셈이므로 난 또다시 일상으로 돌아가 아낙스와의 약속을 실행하기 위해 홀가분한 마음으로 피시방으로 갔다. 여느 때처럼 전원을 켜고 피시방 의자에 앉아서 전의를 다지기 위해 호흡을 고르는데 느닷없이 은비의 이야기가 떠올랐다. 내 앞에 있을 때 비로소 자신을 느낀다던 은비의 그 애매모호하고도 야리꾸리한 말이 뭔지 갑자기 이해될 것 같아서다. 이상한 전율이 내 등줄기를 타고 오르는 듯한 기분이 든다. 뭐지?

난 피시방에 앉아 게임을 시작할 때면 나를 느끼곤 한다. 평상시엔 무채색의 무엇으로 별 존재감 없던 내가 게임 안에서는 실존하는 투사로 살아 움직이곤 한다. 뭐든 할 수 있을 것 같은 자신감, 게임을 이겼을 때의 쾌감 속에서 난 자신감으로 들썩인다. 단단해진 내 어깨와 가슴, 결결이 뭉쳐진 실하고도 다부진 근육, 그것들이 나로 하여금 세상을 다 가질 수 있을 거라고 믿게 한다. 하지만 그 모든 건 어디까지나 게임 안에서만 가능한 일이다. 나를 느끼는 시간은 여기까지다. 로그아웃 하고 화면이 꺼진 뒤 컴퓨터의 까만 액정 화면에 비친 내 얼굴은 늘 파리하다. 그때부터는 게임으로 쓴 엄청난 시간의 알리바이를 꿰맞추기 위해 쫓기는 쥐가 된 기분으로 집으로 들어가곤 한다. 그렇다면 난 은비의 표현대로 게임을 못할 때 암전 상태를 느끼게 되는 걸까? 나는 어디에 있을 때 온전하게 살아 있는 걸까? 게임할 때 느끼는 나의 실체는 뭐지? 현실 속에서 존재할 수 없는 무엇이라면, 그건 마치 비눗방울처럼 꺼져 버리는 허망한 존재인 건 아닐까?

머릿속이 무지 복잡해져 왔다. 물론 내가 먼저 벌인 일이긴 하지만 은비가 내게 그런 맘을 갖고 있다고 고백해 온 것도 혼란스럽고 그렇게 진지하게 자기 맘을 털어놓은 은비를 상대로 거짓말을 한 나 자신에 대해서도 자괴감이 든다. 이런 결과를 빚을 거라곤 꿈에도 상상 못했기에 벌인 일인데……. 그리고 또 하나, 숙제처럼 게임을 해야 한다는 당위감도 낯선 짐이 되어 나를 짓누른다. 이게 무슨 조홧속이람? 게임이 짐이 되다니?

그래도 난 관성의 법칙으로 습관처럼 게임에 몰입해 연타로 열 게임을 치러 냈다. 하지만 머릿속이 복잡한 탓인지 게임 성적이 좋지 않았다. 패배라는 붉은색 글씨가 내 눈에 비치고, 나의 티어는 브론즈로 강등됐다. 실버5였는데! 브론즈라니! 인정할 수 없는 더러운 기분이 들었다. 이런 시궁창 같은 단계에서 빨리 벗어나야 한다는 생각이 강하게 들었고, 그렇게 나는 여러 판을 연속으로, 아무 생각 없이 달렸다. 한참 하고 있는데 피시방 스피커에서 곧 10시이니 미성년은 모두 나가 달라는 방송이 나왔다. 5시에 와서 게임을 시작했는데 벌써 10시라니…… 아무것도 한 게 없는데……. 눈물을 삼키고 화면을 종료했다. 결국 브론즈에서 실버로 승급하지 못했다. 내일은 금요일이니 사복으로 갈아입고 다른 피시방에 가서 10시 이후까지 해야겠다는 생각이 들었다. 신분증 검사를 하지만 우리 반 복학생 형에게 민증을 빌리면 되는 일이니 크게 어려울 건 없었다.

피곤한 몸을 이끌고 집에 와서 서둘러 잠을 청하려는데 진유가 톡을 보냈다. 아마도 오늘 나의 게임 성적을 묻고 싶어서일 거다. 글씨가 휴대폰 화면 위로 떠올랐지만 난 애써 읽지 않았다. 그냥 지금은 아무런 말도 글도 보고 듣고 싶지 않다. 기묘한 무기력증이 내 온몸을 조이고 있다. 육체적으로 피곤해서인지 아니면 상대가 진유여서인 건지 잘은 모르겠다. 그래도 막연하게 후자인 것 같단 생각이 들기는 한다.

사실 요즘 들어 진유는 게임에 관심을 갖고 조금씩 재미를 붙이기 시작했다. 머리가 좋아서인지 아니면 게임에 잠재된 능력이 있었던 건지, 승급 속도가 빨랐다. 티어를 올리는 일에도 노하우가 있다며 내게 훈수도 두고 인터넷을 뒤져 게임 고수들의 글을 퍼 나르곤 했다. 게임을 진유와 공유하는 일은 재미있지만 한편으론 나의 영역을 침범당하는 것 같은 말도 안 되는 감정이 들 때도 있었다. 그리고 은근히 진유가 나를 재촉한다는 느낌도 받았다. 아낙스가 원하는 만큼의 티어로 올리기 위해서는 더 노력하고 애써야 한다며 채찍으로 나를 채근하는 듯한 느낌이랄까?

어둠 속에서 톡이 오는 소리가 계속해서 자신의 존재감을 알리지만, 오늘은 기분이 다운 된 상태라 아무런 대답도 하고 싶지 않았다. 아낙스가 내게 눈을 동그랗게 뜨면서 '후회할지도 몰라'라고 이야기했던 게 떠오르지만, 그건 아니라고 난 고개를 크게 젓는다. 이건 일시적인 혼란이다.

'남자가, 오기가 있지. 난 기필코 기어코 반드시 해낼 거다.'

8.

복병과의 마주침

"학생! 밖에 엄마 오셨어."

"네?"

한참 게임이 잘되는 중이었는데 피시방 주인 아저씨가 내 등을 두들기며 말했다. 학원 가는 날이라고 거짓말을 하고 야자도 빠지고 피시방에 온 터라 아저씨가 내 등을 치는 것만으로도 깜짝 놀랐다. 그런데 엄마라니? 이건 뭐가 잘못된 거란 생각이 들었다. 허들은 넘었으나 은비라는 애가 워낙 변수가 많은 아이라 아예 학교에서 한 정거장 마을버스를 타고 가서 그곳 피시방에서 게임을 하던 중이었다. 그러니 누구라도 나를 찾아내기 쉽지 않은데 엄마가 오다니? 게다가 새엄마가 피시방으로 나를 찾아다닐 턱이 없지 않는가?

"우리 엄마 아닐걸요?"

"너 정하돈 맞지?"

우물쭈물 밖으로 나가 보니 아닌 게 아니라 진짜 새엄마가 서 있었다. 놀랍기도 하고 피시방 앞에서 새엄마를 만난다는 것 자체가 너무 비현실적이라 나도 모르게 고개를 꾸벅 내리박으며 인사부터 했다.

"안녕하세요."

말하고 나서 아차 싶었지만, 그거 외엔 뭐 뾰족하게 다른 말을 할 것도 없었다. 새엄마도 약간 어색한 포즈로 답했다.

"응. 안녕은 한데, 가방 챙겨서 밖으로 나가자."

어차피 저녁 시간이니 밥을 먹자며 새엄마는 나를 데리고 설렁탕집으로 갔다. 새엄마랑 단둘이 식당에 앉아 밥을 먹는 것도 무지 어색했는데, 안 좋은 소리까지 들을 생각을 하니 영 불편했다. 새엄마는 늘 '하돈 군'이라면서 내게 거리 두기는 했지만, 내게 그 먼 거리에서 안 좋은 표정이나 안 좋은 말을 건넨 적은 단 한 번도 없었으니까. 나의 게임 전력에 대해서는 가족끼리 밥 먹는 자리에서 이미 여러 번 하선 양의 엄중한 지적질이 있었던 터라, 현장에서 목격당해 불려 나온 내 처지에 뭐라고 선부른 변명을 할 수는 없었다. 그냥 가만히 고개를 수그리고 밥만 먹을 수밖에. 그러자 새엄마가 먼저 입을 뗐다.

"아빠도 누나도 아무도 몰라."

어쩌라는 거지? '입을 다물어 줄 테니 앞으로 이러지 마라.' 이런 얘기를 하시려는 건가? 그런데 왜 나를 찾아다니신 거지? 원래 나한테 관심이 있으셨던 걸까?

"하지만 새엄마는 아시잖아요. 그런데 어떻게 저를 찾으신 거예요?"

"우연히."

시내버스를 타고 지나가다 볼 수 있는 곳에 내가 있었던 것도 아닌데 우연히라니? 혹시 새엄마도 피시방을 즐겨 다니나? 궁금한 걸 성큼성큼 앞서가며 물어볼 수 있는 사이가 아니라, 속으로만 혼자 이런저런 시나리오를 쓰고 있는데 새엄마는 의외의 이야기를 했다.

"사실은 동네 사는 친구들이랑 차 마시면서 수다를 떨던 중이었어. 근데 친구 중에 한 명이 자기 아들이 게임 중독이라 버릇 고치겠다며 피시방에 있는 모습을 찍어 보내 달라고 누구한테 부탁을 했대. 근데 얘기 도중에 사진이 왔다고 해서 다 같이 들여다봤는데 글쎄 거기 네가 있는 거야."

그렇다면 내 옆에 앉아 있던 키 크고 꺼벙해 보이는 중학생이 바로 새엄마의 친구 아들이란 소리다. 헐! 어떻게 이런 일이 있을 수가 있지…….

"사실은 내가 이렇게 직접 올 생각은 없었는데…… 안 봤으면 모를까…… 어쩔까 싶어서 은비한테 전화를 했더니만 은비가 자기는 지금 너하고 일시정지 중이라서 못 가니 나한테 당장 가서 널 끌고, 아니 널 데리고 나와야 한다고 강하게 주장하더라고. 근데 오늘 학교를 아예 안 간 건 아니지?"

"그럼요. 그냥 야자만 빼먹고……."

"근데 일시정지 중은 뭐야? 너희들 싸운 거야?"

"아니, 그건 아니고요. 은비 걔는 하여간에……."

"은비가 그러는데 요새 네가 안 좋은 애랑 엮여서 게임에 빠져 있다고……."

이런! 아빠도 누나도 모르는 것까지는 좋았는데 은비한테 연락을 하시다니, 정말 안타까웠다. 은비가 말한 안 좋은 애라면 아낙스를 말하는 것이리라. 난 잠시 머리를 굴렸다. 은비가 저렇게까지 이야기해서 새엄마를 몸소 움직이게 했다는 건 그만큼 영향력 있는 발언을 앞으로도 계속 할 수 있다는 이야기이므로 이참에 확실하게 선을 그어야 한다. 다행히도 은비와 하선 누나는 그다지 호의적인 관계가 아니다. 아마도 둘이 비슷한 점이 있어서인 것 같다. 그러므로 새엄마와의 연결선만 끊어 내면 된다. 그러기 위해선 새엄마를 내 편으로 만들어야 한다.

"엄마!"

난 앞에 붙어 있어야 할 한 음절을 과감하게 떼어 내고 불렀다. 그러자 새엄마가 약간 움찔거렸다. 낯설음은 한쪽이 먼저 없애고 나면 다른 한쪽은 엉겁결에 보폭을 좁히기 마련이다. 잡아

당기니 끌려올밖에.

"엄마, 은비 얘기는 오버고요, 절 믿어 주시면 감사하겠습니다. 아빠나 누나가 계속 모르신다면 제가 더 빨리 제자리로 돌아올 수 있을 겁니다."

"……그래 하돈아, 그렇게 하자."

내가 앞의 한 음절을 떼니 새엄마 역시 뒷꼭지를 떼고 하돈이라고 불러 주었다. 처음에는 둘러대기 위해 시작한 일인데, 새엄마가 선뜻 나를 믿어 준다고 하니 나도 나의 제자리가 어디인지 알아내서 돌아가기 위한 노력을 부지런히 해야겠다는 생각이 들었다. 하지만 아직은 아니다. 중간고사까지는 목표 달성을 해야 한다. 물론 새엄마한테는 죄송하지만, 죄송하다고 해서 모든 걸 상대한테 맞출 수는 없다는 생각이 든다. 그러므로 엄마들이나 선생님들이 하지 말라고 명령한다고 해서 아이들이 바로 따를 수는 없다는 걸 이 세상의 모든 어른들이 다 알아 줬으면 싶다. 우리는 우리의 스케줄대로, 우리의 생각이 바뀌어야 그때 안 하게 되는 거다. 왜냐하면 우리도 우리 스스로의 머리로 몸을 움직이는 살아 있는 주체이기 때문이다. 강아지들도 주인이 부른다고 다 오지는 않는다.

그렇지만 새엄마에게 이야기한 대로 '믿어 주신 만큼 더 빨리'에는 부응하게 될 거란 확신은 든다. 왜냐, 새엄마가 나를 쥐잡듯이 잡지 않았기 때문에 난 조금은 여유를 갖고 나를 볼 기회를 얻을 수 있었기 때문이다. 만약 날 궁지로 몰았다면 아마 도망치는 데에만 모든 에너지를 쏟았으리라. 그 점, 머리 숙여 깊이 감사드린다.

새엄마와 저녁을 먹고 나란히 집으로 향했다. 물론 새엄마는 옆 단지의 신혼집으로 다시 가겠지만, 일단은 다정한 모자처럼 같이 우리 집으로 들어왔다. 새엄마가 내게 시원한 매실차를 타 주더니 다시 한번 오늘 일에 방점을 찍는 의미로 말을 건넸다.

"하돈아, 난 솔직히 어째야 하는지 잘 몰라. 그래서 네가 하자는 대로 하는 거야."

"네."

경쾌하게 대답은 했지만, 왠지 마음엔 무거운 벽돌을 가득 쌓은 것처럼 부담이 들어앉았다. 어째야 할지 모른다는 새엄마의 고백이 왜 그렇게 부담이 되는지, 엄마가 모른다니 적어도 나는 알고 살아야 할 것 같단 부담 같은 게 그득하게 내 목을 죄어 왔다. 칼자루를 내 손에 쥐어 주고 네가 다 알아서 하라는 식이니……. 하지만 그럼에도 불구하고 지금은 아니다.

지금은 아직 때가 아니므로 난 은비를 단속하기 위해 문자를 날렸다. 그냥 냅두면 또 뭔 일을 벌일지 모르니까.

- 어차피 일시정지 중이니까 나에 대한 관심 이하 모든 일에도 다 일시정지 해 주길 바람.

전송을 누르는 순간, 아차 싶은 맘이 들었지만 이미 메시지는 차를 탄 뒤였다. 조금은 예의 바르게 그리고 약간은 로맨틱한 분위기로 표현했어야 한다는 후회가 내 이마를 세게 쳤다. 애정 문제로 인한 일시정지 중이란 가장 중요한 사실을 까먹다니! 사실 은비한테 화가 나 있었기 때문에 '야! 관심 꺼!' 이렇게 보내고 싶었던 게 나의 솔직한 심정이긴 했다. 하지만 지금은 감정대로 행동해서는 안 되는 거였는데……. 아니나 다를까 바로 도전적인 답이 왔다.

◆ 살아 있는 사람이라 사람으로서 해야 할 일까지 일시정지는 불가함.

이쯤에서 더 이상 은비는 건드리지 않는 게 상책일 것 같았다. 하지만 내가 건드리지 않아도 살아 있는 은비는 혼자서 부지런히 움직였다. 그건 누가 말린다고 되는 일이 아닌 거다. 어찌 보면 사람에게 일시정지란 건 애초부터 불가능한 일이다.

월요일 야자 시간에 창밖을 내다보니 저 멀리 운동장을 가로질러서 진유가 헉헉대며 뛰어오는 게 보였다. 문제집 사야 한다고 외출증을 끊고 나가더니만 왜 저런 폼으로 서둘러 들어오는 걸까? 체육복 상의에 교복 바지를 반쯤 접은 채로 삼선 슬리퍼를 끌며 달리는 진유의 모습이 우스꽝스러웠다. 요즘의 진유는 이전의 진유와 너무 다르다. 전엔 뛰어다니는 것조차도 본 기억이 없다. 늘 자기 페이스대로 정해진 보폭대로 걷고 정해진 스케줄대로만 살았던 애다. 잘 정돈된 서랍 속 같은 애였는데 요즘에는 뛰고 달리고 게임할 땐 욕도 서슴지 않는다. 심지어 가방 속도 아수라장이다. 원래 이런 캐릭터였는데 그동안 강요된 교육에 의해 바르고 단정하게 살았던 건지, 아님 지금 의지적으로 일부러 이렇게 정신없게 행동하는 건지, 어떤 게 진유의 진짜 모습인지는 잘 모르겠다. 그리고 어떤 게 더 낫다고도 말 못 하겠다. 중요한 건 본인이 편한 쪽이 최고란 생각이 든다. 진유에게 한번 물어봤더니,

"어떤 게 진짜 나인지는 장담 못 하겠고, 나 하고 싶은 대로 이래도 되고 저래도 된다는 그 사실 자체가 제일 좋아."

이렇게 말했다. 그만큼 지금의 자유가 좋다는 이야기일 거다. 전교 1등을 하겠다고 호언장담을 한 덕에 요즘 진유는 집에서 아무런 간섭을 안 받는단다. 백 프로 방목 상태다. 그런데 만약 그게 실패로 돌아간다면 그 귀중한 자유를 고스란히 진유의 엄마에게 헌납해야 한다. 그 생각을 하니 더 무거워진 책임감이 나를 눌렀다. 오늘은 야자가 늦게 끝나는 날이니 집에서 하선 누나 몰래 게임을 해야겠다. 누나가 잠들고 난 뒤 마우스 위에 이불을 씌우고 하면 소리가 안 나기 때문에 얼마든지 가능하다. 내 손가

락 끝에 사명감을 걸고서 말이다.

"야! 큰일 났어."

좀 전에 내가 본 그 모습 그대로 교실로 뛰어 들어온 진유가 나를 보고 외쳤다.

"뭔 큰일?"

"아낙스랑 은비랑 붙었다."

"붙었다니? 둘이 합작을 했다는 소리야? 아님 쌈박질?"

습관처럼 묻기는 했지만 대답을 안 들어도 후자일 게 뻔했다. 어제 은비가 아낙스를 '안 좋은 애'라고 새엄마에게 표현했으니 '안 좋은 애'하고 은비가 사이좋게 지낼 리가 없다.

"어디서 붙었단 소리야? 넌 어떻게 알았어?"

"은비가 보자고 해서 나간 건데 거기에 낙스도 왔더라."

"그래서?"

"뭐가 그래서야? 은비가 난리를 치더라구. 대리 게임을 부탁하는 게 말이나 되냐며. 아낙스가 네가 원해서 시작한 일이라며 대들기는 했는데."

"뭐? 그걸 은비가 알아?"

"너한테 다 들었다던데?"

"은비가 그래?"

뻔할 뻔 자다. 은비가 깔아 놓은 포석에 진유와 아낙스가 걸린 게 뻔했다. 뭔가 수상한 걸 느낀 은비가 진유와 아낙스를 불러서 이것저것 묻다가 '다 들었다'며 앞서서 거미줄을 치고는 거기에 걸려 허우적거리는 진유와 아낙스가 뱉어 내는 단발마 같은 이야기를 듣고 대충 유추해서 알아낸 게 분명하다. 은비다운 수법이다. 하지만 그다음 이야기가 없는 걸 보면 은비는 아낙스의 존재에 대해서는 아는 바가 없다. 만약 알았다면 아무리 천하의 신은비라 해도 놀라지 않을 수는 없을 테니까.

"그래서 걔들 지금 어디 있어?"

"하몽이 병원 가야 한다고 은비 엄마가 급하게 찾는 바람에 일단 해산은 했는데 은비가 가만있지는 않을 듯하던데……. 걘 아낙스가 너한테 삥이라도 뜯는 줄 아는 건지……."

"하여간에 은비 오버는 알아줘. 삥은 뭔 삥?"

"시간은 금인데, 돈 뺏는 것보다 더한 삥이라며……."

"헐."

은비라는 허들은 간신히 넘었지만, 기어코 은비라는 복병과 정면으로 마주치고 만 것이다. 진유와 나는 이 궁리 저 궁리 끝에 이제 더 이상 피할 길이 없으니, 그냥 은비에게 다 말하는 것으로 의견의 일치를 봤다.

"은비가 까다롭긴 해도 의리도 있는 애니까. 저번에 너 정선에서 엄마한테 끌려가고 난 뒤에 머리 맞대고 널 구출하자고 함께 고민도 했었으니 심정적으로 이해를 해 줄 거라고 믿어."

"그랬으면 좋겠네."

"뭐! 솔직히 우리가 나쁜 짓을 하자는 것도 아니잖아."

"성적 조작이 나쁜 짓인 건 사실이지."

진유는 갑자기 풀이 팍 죽어서 바닥에 주저앉았다. 진유 역시 은비가 만만한 애가 아니란 사실 때문에 나름 긴장은 하는 것 같았다. 난 서둘러 합리화를 했다.

"그렇긴 하지만…… 이건 사람이 하는 게 아니잖아. 그냥, 이건 하늘에서 내리는 눈과 비처럼 어찔 수 없는 일이라고 생각해도 될 것 같아. 그렇게 생각하면 나쁜 일이 아니잖아? 대학 입학도 아니고 딸랑 중간고사 한 번인데…… 누가 크게 피해보는 것도 아니라구. 그냥 옛날 할머니들이 천지신명께 아들 낳게 해 달라고 달밤에 물 떠 놓고 빌었던 것처럼…… 우리도 열심히 게임해서 티어를 올리고 그리고 널 미국으로 쫓겨나지 않게 해 달라고 빌어서 소원 성취를 하는…… 그래! 일종의 기적인 거지."

"기적? 궁색한 기적이네……."

진유의 자조적인 표정을 털어 내기 위해 난 일부러 거칠게 진유의 어깨를 두들겼다. 기왕 내디딘 걸음인데 안 좋은 생각은 길게 안 하는 게 나을 것 같아서다.

"누가 뭐랄 거야! 괜찮아. 기적에 시비 붙는 사람은 별로 없거든!"

야자가 끝난 늦은 저녁, 나는 공원에서 만나자고 네 명의 단체 톡에 공지를 올렸다. 아파트를 낀 공원은 야심한 시각에도 불구하고 운동하는 사람들로 북적였다. 은비는 늘 그렇듯이 하몽이를 데리고 나와 있었고 다행히 아낙스만 도착 전이었다. 아낙스를 앞에 두고 아낙스의 실체를 밝히는 게 편치 않을 것 같았는데, 늦는 덕분에 은비에게 그간의 모든 정황을 편하게 설명할 수 있었다. 은비의 첫 반응은 이랬다.

"그 편지 속 악마라고? 그렇지! 내 그럴 줄 알았어. 이상한 애 맞네!"

전혀 몰랐으면서 마치 뭔가 자신은 이미 눈치를 다 챘었다는 식으로 고개를 끄덕였다. 역시 애어른 신은비다운 반응이다.

"그러니까 그런 이상한 애를 상대로 그런 말도 안 되는 조건을 내걸었단 거지?"

곧 아낙스가 올 텐데 은비가 계속 저렇게 삐딱한 말투로 나간다면 좋을 게 없을 것 같아서 난 은비를 설득하기 시작했다.

"은비야, 지금 이상한 애에 초점을 둘 게 아니라, 우리는 아낙스의 도움으로 진유를 구출하자는 게 목표인 거야. 그러니까 목표 달성을 위해서 너도 협조해 줬으면 해."

"그러니까 결국 목표 달성을 위해서, 내가 방해될까 봐 넌 나한테 마음이 싱숭생숭하니 어쩌니 하면서 일시정지를 하자고 뻥을 친 거네?"

"그건…… 정말 미안한데…… 진짜 어쩔 수가 없었어……. 그게 네 맘이 제일 덜 상할 수 있는 최선이라 여겼거든. 정말 미안해. 한 번만 봐주라."

"물론, 나도 뭔가 수상한 기운이 느껴져서……. 네 말을 다 믿은 건 아니지만……. 그리고 여기서 분명히 하고 넘어가야 할 게 있는데…… 내가 너에 대한 감정을 말한 것도 조금은 다르다는 건 알아 둬. 물론 나야 너처럼 완전 뻥을 친 건 아니지만. 알지? 나도 네 감정에 대한 답가로 말하다 보니 너 크게 부풀려진 게 있다구. 알았어?"

내 감정이 뻥이었다니까 창피해서일까? 은비 역시 자기 감정도 그게 아니라고 슬그머니 발을 뺀다. 감정이란 건 원래 사실에 근거한 게 아니라서 들쑥날쑥하기 마련인가 보다. 나 역시 아낙스에게 처음에 설렜지만 진유 일 때문에 슬그머니 뒤로 빠져 버렸던 기억이 있으니 이해는 간다. 아무튼 난 얼른 은비를 다독거려 주었다.

"어. 물론이야. 나도 잘 알아."

"좋아! 일단 그 문제는 뒤로 패스!"

내가 예상했던 대로다. 저런 식으로 하나하나 짚어 나가면서 따지고 들 걸 생각하니 벌써부터 진땀이 나려고 하는데, 그때 아낙스가 왔다. 오늘은 포니테일로 머리를 묶고 갈색 면바지에 흰 티셔츠를 입고 있는 모습이 이제 막 중학생이 된 해맑은 소녀처럼 보였다. 은비는 아낙스를 보자마자 곁에서 잘 놀고 있던 하몽이를 부둥켜안았다. 경계의 포즈인가 싶어서 다들 약간 긴장을 했는데 은비는 느닷없이 사과부터 했다.

"어젠 오해해서 미안해. 네 얘기 다 들었어. 너 악마라며?"

"어! 그러게 내가 악마네. 놀라게 해서 미안해."

"놀라긴 뭐? 요새 우린 워낙 그런 세계를 많이 접해서. 판타지도 많이 읽고 웹툰도 봤고……. 그래도 현실 속에서는 처음인데 실망이야. 넘 평범해서."

"너희들 사이에서 튀지 않으려다 보니 이렇게 된 거야. 외모가 뭐 중요해? 현상에 불과한 건데."

"아무튼 어제 너무 사납게 굴어서 미안해."

그럼 그렇지. 은비가 특이한 성격이라고 해도 아낙스의 실체를 알고도 계속 뻰댈 리는 없으리라. 아무리 이빨 빠진 호랑이 같은 악마라지만 명색이 악마인데.

"어젠 날 잡아먹을 듯이 악악거리더니만! 이제 정신이 들었나 보네. 근데 네가 하돈이 엄마라도 된다니? 왜 그렇게 난리야?"

"친구의 의리 때문이지. 불량 여학생한테 삥 뜯기느라 영혼을 빨려 가며 피시방에서 노예처럼 게임을 한다는데 안 뜯어말릴 친구가 어디 있니?"

진작에 은비한테도 다 말했더라면 차라리 모든 게 간단했을 걸 하고 안심하려는 차에 은비가 아낙스에게 도전하듯 물었다.

"근데 우리가 널 어떻게 믿어?"

어? 이건 뭔 소리? 다들 놀란 눈으로 은비를 일제히 바라봤다.

아낙스도 뜬금없다는 듯 물었다.

"그게 무슨 소리야?"

"네가 정말 진유를 전교 1등으로 만들어 줄 수 있는지 그걸 어떻게 믿냐구. 아닌 말로 높여 준 티어만 갖고 사라져 버리면 그만 아냐? 널 어디서 잡겠어?"

그런 황당한 의심을 할 수도 있다는 사실 자체가 놀라웠다. 아무리 불신의 시대라지만. 하지만 아무도 은비 말을 자르진 못했다. 워낙 확신에 찬 발언을 하는 중이라.

"식당에서 알바를 구할 때도 신체 조건을 보고 고르고, 옛날 무사들이 칼잡이를 고용할 때도 칼 쓰는 솜씨 정도는 보고 고용한다고. 네가 아무리 악마라지만, 솔직히 개털일 수도 있잖아. 수련 악마라서 딱히 하는 것도 없다며? 할 수 있는 것도 없고? 근데 지금 애들은 네 말 하나 믿고 한 명은 피시방에서 열심히 마우스를 두들기며 게임 하고 있고, 한 명은 너 믿고 전교 1등 한다고 큰소리 빵빵 치면서 놀고 있잖아? 근데 만약 그게 안 이뤄진다면? 그럼 어떻게 되는 거야?"

아낙스는 적잖이 당황한 것처럼 보였다.

"황당하네. 이럴 때 무슨 말을 해야 하는 건지……."

"그냥 아주 상식적인 답을 해 주면 되는 거야."

"그러니까 넌 지금 악마인 나를 면접이라도 하겠다는 거네?"

"그렇지. 근데 기분 나빠 할 일은 아니잖아. 모든 일에는 다 절차가 있는 법이라 그걸 하자는 것뿐인데."

"어떤 식으로?"

"간단해. 네 능력을 보여 주면 돼."

"내 능력?"

"어."

"예를 들면?"

"네가 뭘 할 줄 아는지 모르니까 내가 구체적인 예는 못 들겠고, 그냥…… 우리가 보고 '아! 우리가 못하는 일을 하네?' 하고 감탄할 정도의 일? 그래야 전교 1등을 만들어 준다는 일에 믿음이 생길 거 아냐."

둘러보니 진유는 어느 정도 은비의 말에 동감을 하는 눈치다. 전교 1등이 안 되었을 때 제일 곤란한 사람은 진유니까. 물론 나 역시도 은비의 말에 맘이 약간 흔들리기는 하지만, 내 마음속을 자유자재로 읽어 내던 아낙스를 본 경험이 있는 나로서는 이런 식의 제의가 아낙스의 심기를 건드리는 일이 될 수도 있다는 걱정이 앞섰다. 그리고 은비가 계속해서 힘주어 '우리'라는 표현을 하면서 아낙스를 다른 편으로 갈라 내려는 것도 거슬렸다. 난 아낙스를 싸고돌 의무가 있다. 이 일은 내가 아낙스를 조르고 졸라 시작한 일이니까.

"은비야, 전에 아낙스는 내 맘을 다 읽었어."

"그래? 겨우 독심술 정도?"

"아니…… 그게 전부가 아니라, 온라인에서 처음 만났을 땐 내 과거까지 다 알고 있었다니까? 그날 내가 실내화를 떨어뜨리는 바람에 지각하고 그래서…… 아…… 아무튼 이렇게 아낙스를 다그치는 건 아니라고 봐."

나는 당혹감에 말까지 디듬었긴만 은비는 시종일관 여유롭게 아낙스를 몰아세웠다.

"그러니까, 뭐라도 보여 줄 수 있는 거 아냐?"

아낙스는 특유의 포즈로 눈동자를 굴리며 우리 쪽을 번갈아 바라보았다. 입꼬리를 한껏 위로 올리고 있어서 화난 것처럼은 안 보였지만 뭔가 결의에 찬 듯한 인상은 읽혔다. '이거 도전 아냐?' 이런 표정이랄까? 난 최대한 아낙스와 눈을 마주치지 않으려고 계속해서 아래만 봤다. 아낙스에게 마음을 읽혀서 나쁠 생각을 속으로 하고 있지 않은데도 왠지 마주치는 게 두려웠다. 어찌 보면 두렵다기보다는 미안한 마음 때문일 수도 있겠다. 아낙스를 코너에 모는 것 같은 분위기 자체가 잘못된 일이 분명하단 생각이 들었으니까. 아낙스는 전에 언젠가처럼 또다시 존재감 없는 고양이 발자국 같은 말투로 은비를 바라보며 천천히 읊조리기 시작했다.

"있잖아. 사실 이 일은 오로지 선의에서 시작된 일이야."

"선의?"

"하돈이의 우정, 그리고 그런 하돈이의 마음에 대한 배려로 이런 거래가 성사된 거라고. 그러니까 그 모든 선의가 이 일을 하게 만든 거지."

"그런데?"

"그런데 은비, 넌 나의 선의를 시험해 보겠다는 거잖아?"

"시험이 아니라, 확인이야."

"난 네가 마치 잘 포장된 선물 상자를 미리 찢어서 그 안에 뭐가 들었나 하나하나 확인해 보겠다는 것같이 느껴져. 가격은 얼마짜리인지 좋은 건지 나쁜 건지…… 실용성은 있는지 어쩐지……."

그러자 은비가 갑자기 푸하하 소리 내어 웃었다. 아낙스의 사뿐거리던 말투와 비교가 되어서 다소 생경스럽게 들리는 웃음이었다.

"아낙스, 얼핏 들으면 네 말이 아주 멋있는 비유 같은데 다르게 들으면 네가 초점을 흐리고 싶어서 하는 말인 거 같아. 너의 능력을 보여 줄 수 없는 것에 대한 다른 표현이랄까?"

난 아낙스 생각에 손을 들어 주고 싶었다. 그래서 은비에게 소리쳤다. 진유 역시 내 편을 들기를 간절히 바라면서.

"야! 신은비, 그건 아니지. 아낙스는 싫다는 걸 내가 졸라서 시작한 거라니까!"

말하면서 진유를 봤지만, 진유는 아무런 반응이 없었다. 진유 역시 어떻게든 아낙스의 능력을 검증받고 싶은 모양이었다. 아낙스는 그런 진유의 표정도 읽는 것 같았다.

"서진유, 너도 은비 말에 동의하는 거야?"

"……."

"좋아. 너희들의 선택이니까. 존중해 주지. 하지만 난 너희가 결과만 생각하지 말고 이 일이 시작된 선의만 믿고 일의 끝까지 가 봤어야 한다고 생각해."

그제서야 진유도 입을 열었다.

"못 믿는다는 게 아니라, 그냥 돌다리도 두드려 보고 간다는 차원에서……."

"아니, 그건 마치 확실한 걸 얻기 위해서 혹은 더 많이 얻기 위해서 황금 알을 낳는 닭의 뱃속을 갈라 보는 것과 다를 게 없다고 생각해. 친구가 준 우정의 선물조차 돈으로 환산이 안 되는 건 쓸모없다고 생각하는 것과 다를 바 없지. 요샌 종이학 같은 걸 접어서 선물로 주면 욕먹는다며?"

난 아낙스의 말에 어느 정도 동감이 되었다. 가능할 거라고 믿지 않고 시작하는 일은 하나도 없는 법이니까. 무슨 일에서든, 사람에 관해서든 의심하고 시작한다면 한 발짝도 나서기 쉽지 않다. 그리고 그건 결과에 집착할 때도 마찬가지다. 그렇기 때문에 아낙스가 말한 대로 선의만 믿고 갔어야 한다는 말이 맞단 생각이 든다. 하지만 이러한 나의 생각을 말로 꺼내진 못했다. 은비나 진유가 이미 원하는 바가 확실한데 내가 그걸 가로막을 힘은 없다는 생각이 들었다. 은비까지 나선 뒤라 이미 수적으로도 열세인 쪽에 내 힘을 보탤 자신이 없었다. 스스로가 비겁해 보여 약간의 자괴감을 느끼긴 했지만, 난 늘 대세를 따르는 게 좋으니까. 하지만 은비는 자기 성격답게 다시 한번 자기 의견을 분명하게 밝혔다.

"아낙스, 이런 말 미안한데, 네가 악마란 걸 알고 난 이 마당에 그런 이야기를 하는 걸 듣고 있으려니까 영 설득력이 없네."

"고정관념상 그럴 수는 있겠다. 하지만 이거 하나는 기억해. 악마들은 절대 악을 뿌리고 다니거나 구체적인 해를 입히지는 않아. 악마는 중간에 서 있는 존재일 뿐, 중요한 건 다 너희들의 선택이지. 우리가 하는 게 있다면 발을 거는 정도랄까? 그 발에 걸려 넘어지고 안 넘어지고는 다 너희들의 선택이거나 살아온 이력 때문이라고."

"이력?"

"너희들이 살면서 쌓아 둔 가치관이랄까? 너희들 스스로 중심을 잡고 있다면 악마가 발을 건다고 해도 쉽게 넘어지지 않겠지. 그러니까 자꾸 악마가 그딴 말을 하는 게 어울리네 마네 그런 편견 쩌는 소리는 하지 말라고!"

악마가 발을 건다고? 그럼 아낙스도 우리한테 발을 걸려나?

혹시 이미 우리가 발에 걸려 넘어진 건 아닐까? 진지한 고민이 머릿속을 들락거리긴 했지만 그 생각은 오래가지 못했다. 그보다는 아낙스의 마지막 말에만 관심이 쏠렸다.

"좋아! 내가 너희들한테 뭘 보여 주길 바라는데?"

좀 더 생각해 보기로 하고 아이들과 헤어져 집으로 돌아왔다. 처음엔 뭔가 잘못된 것 같다는 생각 때문에 께름칙했는데 서서히 그 생각은 사라지고 결정에 대한 합리화만이 점점 머릿속에 자리 잡았다.

'뭐, 어차피 아낙스가 우리 선택을 존중해 준다고 했으니까 이젠 더 이상 생각할 필요 없잖아?'

그리고 나의 머릿속은 새로운 일에 대한 호기심으로만 채워져 갔다. 기울어진 대롱을 따라 물이 흘러가듯이 언제나처럼 즐겁고 흥미로운 쪽으로 아무런 저항 없이 내 몸을 맡긴다. 아낙스의 능력을 볼 수 있게 될 거란 기대감이 묘한 설렘과 함께 온 마음 구석구석을 간지럽힌다. 아! 진유의 성적을 고치는 일 말고 좀 더 획기적인 일을 볼 수 있으면 금상첨화일 것 같은데……. 밤새 좀 더 색다른 일이 뭐가 있을까를 상상하다가 잠을 놓쳤다.

9.

욕망으로의 변질

다음 날 우리는 공원에서 또다시 만났다. 무슨 말을 꺼내야 할지 몰라 어색한 분위기 속에서 서로 눈치만 보고 있는데 아낙스가 입을 열었다.

"뭘 보고 싶은지도 너희들이 정해."

아낙스는 우리의 선택을 존중해 준 것에 이어 두 번째 선택도 우리에게 맡겼다. 하지만 이런저런 제약이 있음을 미리 공지했다.

전에도 내게 말한 바 있듯이 아낙스는 주문을 써서 하는 것 외엔 할 수 있는 게 별로 없는 데다 주문은 함부로 쓸 수가 없다고 했다. 왜냐면 아낙스는 스스로 깨우친 주문이 많지도 않고, 일정량 이상의 주문을 쓰게 되면 원치 않는 소환을 당하게 될 뿐 아니라, 그에 상응하는 벌도 받게 된단다.

"내가 쓸 수 있는 건 딱 세 번이야. 한 번은 전에 내가 하돈이를 찾을 때 썼고, 한 번은 약속대로 진유 성적 조작에 쓸 테고, 그럼 딱 한 번 남은 건데, 너희들이 나를 시험하는 데 쓰겠다니 기꺼이 그렇게 할게."

우린 서로의 얼굴을 마주 보며 "뭐가 좋을까?" 하고 서로 묻기는 했지만, 딱 한 번이라고 하니 선뜻 정하기가 정말 어려웠다.

"저 앞 화단에 꽃을 피게 하는 건 어때?"

"뭔 꽃? 기왕이면 유익한 걸로 하자구, 통일은 어때?"

"이 막대사탕을 금으로 만드는 거, 좋잖아?"

우리가 늘어놓는 제안을 듣고 있던 아낙스가 고개를 저었다.

"이봐, 엄청난 걸 바라지 마. 이 세상의 질서에 어떤 식으로든 균열을 가게 할 만한 일은 금기라고."

진유가 물었다.

"그럼 통일은 안 되네? 근데 꽃은 왜?"

"꽃? 물론 피게 할 수 있지. 하지만 지금 그 꽃이 개화 시기가 아니라면 그것 또한 식물들의 질서를 위배하는 일이라서 안 돼."

은비가 뒤이어 물었다.

"그럼 금 사탕은? 그것도 경제 질서를 위배하나? 이렇게 쪼끄마한데도?"

"그건 사행성 조장이라 금기 사항이야. 자고로 돈이 연루되면 돈 하나로 끝나는 일이 없거든. 돈은 결국 세상의 질서를 다 바꾸게 될 만한 일로 확대되기 십상이야. 그래서 안 돼."

"악마들이 정한 규칙인가 본데 나름 순수하고도 섬세하네?"

"하돈이 너, 고정관념 갖지 말랬지?"

그 뒤로도 우린 여러 가지 제안을 했지만 쉽게 의견의 일치를 볼 수 없었다. 한 명이 좋다고 하면 다른 한 명이 반대를 하고 또 두 명이 찬성하면 한 명이 반대를 하는 식이었다. 그도 그럴 것이 '한 번'밖에 없는 일이기 때문에 신중을 기해야 한다는 점에서는 셋 다 동의했기 때문이다. 한참 동안 옆에서 우리를 지켜보고만 있던 아낙스가 벌떡 일어났다.

"나도 스케줄이란 게 있어서 먼저 가 볼게. 언제든 정해지면 연락해. 근데 너희들 쫌 웃긴 거 알아?"

"뭐가?"

"내 능력을 믿지 못해서 보겠단 거였지, 근사한 쇼를 보고 싶어서였던 건 아니잖아? 안 그래? 근데 왜 못 정하는 거지? 앞뒤가 안 맞는단 생각 안 들어?"

듣고 보니 맞는 말이다. 그 점에 대해서는 난 할 말이 없다. 유구무언. 하지만 은비는 역시 나와 달랐다.

"맞아. 시작은 그랬지. 그냥 이 노란 사탕을 빨간 사탕으로 바꿔 주기만 해도 되는 거 맞는데…… 근데 기왕이면 다홍치마란 말이 있듯이 신중하게 골라서 보고 싶어 하는 우리 마음도 이해할 수 있지 않아? 우리에겐 일생일대에 처음이자 마지막일 수도 있는 경험일 텐데…… 안 그래?"

은비는 어제와는 많이 다르게 낮은 포복으로 말했다. 아낙스는 보여 주는 입장이고 은비는 보는 입장이니까. 아낙스는 서서 팔짱을 낀 채로 입을 뾰족하게 앞으로 내밀었다가 다시 넣었다.

"물론 충분히 이해는 해. 근데 차라리 처음부터 궁금하고 보고 싶으니 보여 달라고 말했다면 더 나았을 거란 생각이 드네."

그러곤 쌩하니 가 버렸다. 아낙스의 뒷모습을 보면서 우리 중 누구 한 명쯤은 그 일에 대해 한마디 할 줄 알았는데 아무도 말이 없었다. 그래도 다들 속으로는 생각들이 바빠 보였다. 그렇게 각자의 머릿속 생각 공장만 돌리며 뻘쭘하게 앉아 있을 즈음 고맙게도 갑자기 비가 쏟아지기 시작했다. 요즘 내리는 비는 늘 우발적으로, 마치 누군가에게 화풀이라도 하듯이 무식하게 쏟아 붓는다. 근처에 비를 피할 수 있는 팔각정이 있건만 누구도 거기로 함께 가자고 하지 않았다. 다들 혼자가 되고 싶은 눈치였다. 은비가 대표로 해산을 명령했다.

"우리 일단 해산하고 톡으로 더 의논해 보자."

은비와 진유가 아낙스 못지않게 획 몸을 돌려 바람처럼 사라지고 난 뒤 나는 공원 팔각정 안에 잠시 앉아 있었다. 갑자기 거짓말처럼 비가 그쳤다. 원래대로라면 난 지금 피시방에 가야 한다. 텅 빈 시간이면 게임 욕구가 저절로 솟구치고 몸은 자연스럽게 그리로 향한다. 천관녀의 집으로 가던 김유신의 말처럼 말이다. 이제 습관이 된 내 몸은 그걸 기억하고 있는데 이상하고도 신기하게 내 머릿속 소프트웨어는 피시방에 가지 말자고 소리친다. 왜 그런지는 정확하게 모르겠다. 아니, 왜 그런지에 대한 생각을 할 여력이 없다. 내 머릿속은 오로지 한 가지 생각에만 꽂혀 있었다.

'획기적인 일이 뭐가 있을까?'

공원에서 집까지 오려면 찻길을 두 번이나 건너야 하는데 어떻게 왔는지 기억조차 나지 않았다. 누군가 내 팔을 잡아당겨 그제서야 놀라 정신을 차려 보니 집이었다.

"야! 정하돈! 정신 어따 두고 다니는 거야?"

내 팔을 잡은 건 하선 누나고 난 주방에 서 있는 중이다.

"어?"

"뭐야. 기껏 우유를 컵에 따르더니 왜 빈 우유팩을 들고 들어가?"

"그랬나?"

"넋이 나간 놈 같네."

넋이 나간 게 아니라, 내 머릿속은 온통 아낙스 쇼의 아이템을 무엇으로 할까 하는 생각으로만 가득 찼다. 아니, 가득 차긴 했으나 구체적인 아이템으로 가득 찬 게 아니다. 단지 어떤 욕망으로만 부풀어 있다고 표현하는 게 맞겠다. 욕망의 실체는 보이지 않고 욕망을 둘러싼 질기디 질긴 고무풍선 같은 보호막이 잔뜩 부풀어 올라 있는 상태다. 그것은 내 머릿속을 가득 채워서 터지기 일보 직전이었다.

책상에 앉은 채로 멍 때리고 있는데 톡이 왔다. 은비였다.

- 생각난 거 있어?
- 노노.

휴대폰을 들여다보니 진유 이름 옆에도 빨간색이 붙어 있었다. 진유에게 따로 톡을 보냈다.

- 뭐 생각남?
- 노노.

그때 갑자기 내 눈에 카톡 친구 이름들이 줄줄이 들어오면서 동시에 구체적인 욕망이 불쑥 솟구쳤다. 한수, 수완, 우람, 그 게임 조무래기들 앞에 챌린저가 되어 나타나서 자랑질을 하고 싶다는 욕구가 나를 감쌌다. 내가 하는 게임의 최고 승자, 0.01퍼센트의 분포도 안에 속한다는 챌린저. 그건 그 누구도 쉽게 도달할 수 없는 최고의 승자만이 갖는 이름이다. 그걸 갖고 싶었다. 그동안 게임을 하면서 늘 선망의 대상처럼 바라보던 그 자리. 진유가 전교 1등의 영광을 갖는 것과 그다지 다를 바가 없다는 생각이 든다. 그리고 이건 아낙스가 말한 이 세상의 질서를 위해하는 일도 아니다. 그깟 게임에서 승자의 위치가 뭐 그리 큰일이겠는가?

난 그냥 한번 찔러 볼 작정으로 진유와 은비를 불러 모아 셋만의 방을 만든 뒤 내 생각을 고했다. 그러자 바로 은비가 반응했다.

◆ 뭐? 챌린저? 돌았군.

은비가 만만한 애가 아니란 건 원래 알지만, 그래도 그렇지 저런 예의 없는 돌직구를 날리다니 정말 맘에 안 든다. 욕이라도 해 주고 싶을 정도다. 난 화가 나 "사냥개 신은비!" 하고 소리 내어 외쳤다. 소리가 조금 컸나? 거실에 있던 누나가 방문을 열고 물었다.

"너 뭐라고 했어?"

"아니야."

휴대폰을 다시 들여다보니 진유 역시 반대했다.

◆ 그게 뭔 의미야?

얄미운 맘에 한마디 쏘았다.

- 꼭 의미 있는 일을 해야 하는 거야?
- 그런 건 아니지만…….
- 아닌데 뭐?
- 한번 뽀대 나 보이고 싶어서 그 꼭대기에 올라가 보고 싶어 하는 네 맘은 이해하는데, 네 실력이 아니라서 올라가자마자 순식간에 바닥으로 추락할 게 뻔한데 뭐하러? 그렇게 떨어지면 아프지 않겠냐? ㅋㅋ

열 받는다. 입 밖으로는 '사돈 남 말 하네' 소리가 저절로 나왔지만, 차마 문자로는 못 찍겠다. 진유는 적어도 '뽀대 나' 보이고 싶어서 전교 1등을 하려는 게 아니니까. 미국으로 쫓겨나지 않고 이곳에서 살아남기 위한, 말 그대로 생존형 자구책을 찾는 중이란 걸 아니까. 하지만 그래도 기분은 나쁘다. 자기를 위해 불철주야 게임에 열중하는 나를 봐서라도 저런 말은 삼가야 한다고 생각한다. 내가 진유라면 자기를 위해 애써 주는 사람에게 구체적인 사례는 못하더라도 이럴 때 립 서비스라도 할 거다. 그런데도 진유는 그동안 피시방값 한번 안 내줬다. 매번 이번에는 내주겠지 하고 기대하다가 실망한 적이 한두 번이 아니었다. 그런데 마침, 은비가 나 대신 가려운 데를 콕 집어 긁어 주었다.

- 서진유! 그건 네가 할 말이 아니지. 하돈이가 너를 위해 피시방을 들락거리며 손가락에 쥐나게 마우스를 두들기는데.
- 하돈이 재가 나가서 땅을 파는 노동을 하는 것도 아니고 자기가 좋아서 하는 게임인데 뭔 소리야?
- 좋은 것도 넘치면 좋은 줄 모르잖아.
- 마당 쓸고 돈 줍는 거라고 하돈이가 자기 입으로 그랬거든?
- 처음에야 그랬겠지. 지금은 아닐걸? 푸아그라란 거 알지? 거위 입에 호스를 넣고 먹이를 처넣어서 스트레스 받은 거위 간을 먹는 요리 말야. 동물들은 이성적인 판단을 못하고 배 터지게 먹기도 하지만 걔들조차도 그렇게 먹으면 스트레스를 받는다잖아. 마찬가지지. 뭐든 지가 좋아서 해야 좋은 거 아니겠어? 너도 억지로 하는 공부는 싫다고 지금 이 난리 치는 거잖아?

은비 말이 맞다. 언제부턴가 난 게임이 재미가 없어졌다. 사명감이나 의무감 그리고 해 오던 대로의 관성에 의해 사정없이 마우스를 두들겨 대기는 하지만 감질나는 재미로 들썩이는 가슴, 요동치는 심장의 벌떡임 같은 건 없어진 지 오래다. 은비 말이 정확한 표현이고 나의 가려운 데를 긁어 줘서 시원은 한데 기분이 묘하게 엉킨다. 굳이 배 터지게 먹는 걸 좋아하는 동물에다 나를 비유한다는 게 영 거슬린다.

◆ 알았어. 그럼 하돈이 하고 싶은 거 하라고 해. 난 신경 끌게.

은비의 말에 진유가 느낀 바가 있었던지 서둘러 백기를 내걸었다. 그런데 변덕스럽게 은비가 제지를 했다. 종잡을 수 없는 애다.

◆ 근데 그건 내가 결사 반대야. 챌린저라니? 73초 만에 공중 폭발한 우주선 챌린저호 못지않게 허망한 일이라고 생각해. 게임 하는 애들은 이딴 소리 하면 날 죽이려 들겠지만.

난 은비 말에 발끈했다.

◆ 뭔 허망씩이나? 산 정상에 올라가서 만세! 하고 내려오듯이 한번 올라갔다 와 보겠다는데?
◆ 비교할 걸 해라. 거기가 산 정상이랑 같니? 컴컴한 가상 세계에 들어가서 뇌도 잘 안 움직인다는 게임에 빠져 있는 게 뭐 좋은 일이라구. 게임 하는 동안 뇌 활동은 거의 정지되어 있다는 뉴스도 못 봤니?

또 시작이다. 은비는 늘 게임을 비하한다. 자신이 즐기고 맛볼 능력이 없다고 해서 무조건 남이 즐기는 걸 비하하다니. 평상시엔 사냥개 은비를 이길 자신이 없어 맨날 피했지만 오늘은 열 받은 김에 계속 붙어 볼 생각이다.

- 다를 게 뭐가 있어? 사람마다 다 자기가 가치를 두는 일에 시간과 돈과 에너지를 쏟는 거야. 네가 안 좋아한다고 그렇게 말하지 말라고.
- 넌 네가 가치를 둬서 게임을 한다고 생각하니?
- 그럼. 좋아하니까, 그게 가치를 두는 거지.
- 내가 보기엔 넌……. 그게 쉬운 일이니까 자꾸 열중하게 되는 것 같아.
- 뭔 소리?
- 공부보다 쉬운 일이라서. 공부는 해도 금세 금세 성적이 안 오르는데 게임은 바로바로 즉흥적으로 점수도 올라가고. 그리고 이건 어디까지나 추측인데…… 네가 뜬금없이 진유에게 우정 운운하면서 게임을 하는 것도 공부가 하기 싫은 것에 대한 일종의 도피 행동일 수 있을 것 같단 생각이 들어. 책에서 봤는데 사람들이 해야 할 자신의 의무를 피하고 싶을 때 이타적인 행동을 하면서 도피할 이유를 찾는대. 학교에서 보면 일부 오지랖 넓은 애들이 자기 일 팽개치고 남 돕겠다고 나서서 막 설치는 거, 그것도 같은 거야.

열 제대로 받는다. 은비 말로도 충분히 열 받았는데 거기에 진유까지 키득거리는 이모티콘을 띄워 두 배로 열 받게 했다.

- 그래, 신은비 너 잘났다. 네가 그딴 소리를 해 대서 학교에서 따 당한 건 아니?
- 어느 정도는 알지. 하지만 있는 걸 없다고 한다고 있는 게 없어지는 건 아니기 때문에 난 끝까지 있다고 해야 해. 왜냐? 그래도 지구는 도니까.

진유가 궁금증을 못 참고 나섰다.

- 뭐가 있다 없다는 거야? 갈릴레이까지 들먹이지 말고 알아먹게 얘길 해.
- 그런 게 있어. 나중에 이야기해 줄게. 그런 의미에서 건의하는데…… 정하돈! 그때 우리 학교에서 애들이 숨겼던 그 종이를 아낙스한테 찾아 달라고 하고 싶어.
- 난 반댈세.

난 잽싸게 반대를 외쳤다. 그 일이야말로 다시 꺼낼 가치도 의미도 없다. 아니, 다시 꺼내면 안 되는 일이다. 은비네 학교에서 몇몇 애들이 어떤 선생님에 대해 안 좋은 이야기를 쓴 종이를 장난처럼 돌리다 그 일이 커지면서 문제가 생겼었다. 결국 아이들도 다들 잘못했다고 인정하고 심지어 선생님 당사자조차도 없었던 일로 하겠다고 하면서 다 덮기로 했는데, 은비가 계속해서 되짚으며 있는 그대로의 사실을 밝히겠다고 나서는 바람에 급기야 문제가 커져 버렸다. 서로 상처를 주고 받고 힘들어져서 더 이상 거론하지 않기로 했건만, 은비는 끝까지 그 쪽지의 내용을 찾아낸다고 하다가 반 아이들에게 왕따까지 당하고 급기야 자퇴하는 지경까지 이르게 된 거다. 그랬는데 이제 와서 다시 그걸 찾겠다니……. 그걸 다시 찾아낸다면 모두가 힘들어질 뿐 아니라 어쩌면 은비가 최대의 피해자가 될지도 모른다.

- 왜 반대야?
- 명예 회복을 하는 거면 모르지만 그런 게 아니니까.
- 명예 회복 따위를 바라는 게 아니야. 사실을 알고 싶어.
- 그건 아집이야.
- 무슨 아집? 진실을 드러내자는 건데?
- 진실도 최소한의 옷은 입고 있어야 해. 그렇게 다 헤집어서 속살까지 다 드러내야 그게 진실인 줄 아니?
- 쳇! 너답지 않게 웬 비유야?
- 그래? 그럼 나답게 말해 봐?
- 어.

- 넌 사람이지 사냥개가 아니란 소리야. 어느 정도에서 멈추고 덮는 것도 필요해. 알아?
- 어느 정도가 어디까지인지가 중요하겠지.

이런 식으로 은비와 얼마나 실랑이를 했는지 모르겠다. 지쳐서 나가떨어질 만큼 은비와 실랑이하는 동안 진유는 인사조차 없이 톡 방에서 나가 버렸다. 은비가 결국 포기하겠다고 손을 들고 난 뒤 다른 제안을 했는데 그때도 난 계속 반대했다. 반대를 위한 반대를 하는 자신을 보면서 난 깨달았다. 아까 내 머릿속을 가득 채울 만큼 부풀어 있던 욕망의 덩어리가 무엇인지에 대해서. 그건 일종의 횡재처럼 다가온 아낙스 쇼에 대한 기대감이었다. 은비에게도 진유에게도 그 누구에게도 양보하지 않고 오로지 나만을 위한 어떤 무엇을 아낙스에게서 얻어내고 싶은 욕구. 결국 은비와 나는 아무런 의견의 일치도 못 본 채 썰렁한 분위기에서 훗날을 기약하며 톡을 끝냈다.

은비와 이런 식으로 냉랭해 본 적은 처음이어서 기분이 무지 찝찝했다. 그래서인지 잠도 선뜻 오지 않았다. 침대에 누워 한참 동안 눈을 껌뻑이며 오늘을 되짚어 봤다. 우선 공짜로 생긴 기회에 대해 이토록 집요한 욕심을 가질 수 있는 나 자신에 대해 놀랐다. 그렇다면 그동안 우정 운운하면서 진유를 위해 게임을 하던 나는 뭐지? 다시 눈을 껌뻑여 봤는데 그 결과, 어쩌면 아까 말한 은비의 말이 맞는 걸지도 모른단 생각이 들었다.

"사람들이 해야 할 자신의 의무를 피하고 싶을 때 이타적인 행동을 하면서 도피할 이유를 찾는대."

하긴 진유와는 그간 오랜 우정을 쌓은 사이도 아닌데 이토록 발 벗고 나서는 나 자신이 약간 이해가 안 되기도 했다. 진유의 처지에 대한 인지상정의 공감만으로는 설명이 안 되는 부분에 은비의 이야기를 대입시켜 보니 그럴 수도 있겠다 싶었다. 아무튼 괴로운 가운데 다시 은비를 만나면 아낙스 쇼에 관한 한 더 이상 아무것도 주장하지 않겠다고 결심을 해 보았다. 괜스레 아낙스가 얄미웠다.

'대체 왜 우리한테 이런 선택권을 줘서 분란을 일으키는 거야!'

10.

놀라운 능력

다음 날 저녁, 다시 만났을 때 우리는 모든 걸 내려놓은 사람들처럼 행동했다. 나만 괴로웠던 게 아닌가 보다. 은비 역시 나를 보자마자 첫마디가 그랬다.

"너 하고 싶은 걸로 해."

"아냐. 너 해."

"갑자기 왜들 그래? 그날은 머리 터지게 쌈박질들이더니? 내가 정할까?"

"그래. 진유 네가 정하든지."

"좋아. 그냥 아무거나 하자구. 어차피 확인 차원에서 하는 거라면서."

진유는 주변을 둘러보기만 할 뿐, 선뜻 정하지 못하고 망설이기만 했다.

"아무거나 하라니까?"

내 재촉에 갑자기 진유는 은비 옆에 앉은 하몽이를 가리켰다.

"저 강아지를 고양이로 바꿔 봐."

그러자, 아낙스가 빨딱 일어서더니 뭐라고 중얼거리기 시작했다. 마침 그때 휴대폰을 만지느라 그 소리를 뒤늦게 들은 건지 은비가 놀라서 소리쳤다.

"아, 뭐야. 내 동생을 왜? 안 돼."

그런데 정말 순식간에 어디선가 야옹하는 소리가 들렸다. 놀라 고개를 들어 보니 하몽이가 있던 그 자리에 하얀 페르시안 고양이가 솜뭉치처럼 몸을 동그랗게 만 채 앉아 있었다.

"아악! 뭐야, 뭐야, 뭐냐구? 하몽이는? 하몽아, 하몽아."

은비가 비명을 지르며 소리치는 동안 진유와 나는 아낙스의 능력에 놀라 서로 눈을 마주치며 입만 벌리고 있었다. 은비는 고양이 주변만 맴돌며 계속 하몽이 이름만 외쳐 댔다.

"진짜 바뀌었네? 대~박!"

진유가 아낙스에게 대박이라며 엄지손가락을 쳐들어 보였지만, 이상하게도 아낙스는 다소 놀란 표정만 짓고 있었다. 잘난 척이라도 해야 할 판에 왜 저러는 걸까? 묻고 싶었지만 은비가 워낙 난리를 치는 중이라서 차마 말을 못 건네고 있었다.

"신은비! 다시 바꿔 달라 하면 되지 웬 호들갑이야? 암튼 완전 신기하다."

진유의 말에 아낙스가 풀 죽은 목소리로 말했다.

"아니…… 다시 못 바꿔."

"못 바꾸다니?"

"하몽이를 원위치 못 시킨다고."

"뭐? 어쩌라구! 그게 말이 돼? 왜? 계속 고양이로 있어야 한단 소리야?"

은비가 울음 섞인 목소리로 소리쳤다.

"진짜 못 바꿔?"

"바꾸려면 다시 한 번 더 주문을 써야 하는데 그렇게 되면 진유 성적에는 손 못 대는 거지."

"뭐? 안 돼. 몰라. 당장 바꿔 줘. 아니 넌 바꿀 수도 없으면서 물어보지도 않고 해 버린다는 게 말이 돼? 하몽인 내 동생이라고."

은비는 이제 아낙스의 멱살이라도 잡을 기세였다. 하지만 아낙스는 입을 꾹 앙다문 채 가만히 있기만 했다.

"엉엉……. 내 동생 돌려줘."

은비의 울음은 쉽게 그치지 않았다. 그렇게 악몽 같은 시간을 한참 보낸 뒤, 은비가 약간 진정이 되자 우리는 머리를 모아 회의를 하기 시작했다. 하지만 아무리 머리가 넷이어도 바꿀 수 없는 건 없는 거라 이야기는 계속 원점으로 돌아갔다. 결국 우리는 아낙스만 바라볼 뿐이었지만 오늘따라 아낙스는 유난히 순진한 여중생처럼 멍하게 앉아만 있었다. 마치 악마가 아닌 것처럼.

"신은비, 그냥 고양이로 키우면 되잖아. 어차피 앤 하몽이니까."

진유 말에 은비는 눈을 희번덕거리며 흘겼다.

"하몽이는 강아지야. 고양이가 아니라구."

"그건 우리도 알지. 그런데 어쩌냐구. 그러니까 일단 얘를 집에 데려가서."

"우리 엄마한텐 뭐라고 말해? 마법에 걸리기라도 했다고 해? 그리고 결정적으로 우리 엄마한테는 고양이 털 알레르기가 있어. 다시 말해 우리 집에서 고양이는 키울 수 없단 이야기야."

"그럼 당장 어쩌라고?"

"대안을 세워야지."

"그럼, 내가 우리 집에 데려갈까?"

나는 여기까지 말하다 누나가 고양이라면 무서워서 펄쩍 뛰던 게 떠올랐다.

"아, 안 되겠다, 누나가 고양이를 무지 무서워해. 그냥 동물병원에 맡기면 안 될까?"

"난 그런 대안을 이야기하는 게 아니야. 난 아낙스가 세 번째 주문을 써서 우리 하몽이를 원래대로 해 줘야 한다고 생각해."

그 말에 진유의 눈이 휘둥그레졌다.

"그럼 난?"

"넌 미국에 가서 살더라도 사람으로 계속 살 수 있지만, 하몽인 존재 자체가 바뀐 거잖아. 비중으로 따지면 이게 더 심각한 문제라구."

"비중? 웃겨! 야, 걘 동물이지만 난 사람이야."

"너한테 하몽이가 그냥 동물이지만 나한텐 사람 못지않은, 아니 사람보다 더 소중한 동물이야. 그래서 이건 비중을 잴 수가 없는 문제야."

"얍삽하긴? 난 포기 못 해. 애초부터 이 일을 왜 해 보게 된 건지 까먹었냐?"

"까먹진 않았지만, 불상사가 생긴 거잖아. 급한 불부터 꺼야지. 불나면 아무 물이나 닥치는 대로 써야지, 이따 쓸 목욕물이니까 쓰면 안 된다고 할 거야?"

"신은비, 너 노답이라 내가 할 말이 없다."

할 말은 없다고 했지만 사실 진유는 은비에게 욕이라도 하고 싶은 표정이었다. 살벌한 분위기에 있으려니 난 괴로워 화장실에 가고 싶어졌다. 이 상황에서 잠시나마 도망치고 싶었다. 슬금슬금 일어나려는데 은비가 말했다.

"좋아, 그럼 다수결로 해. 하돈이 네 생각은 어때?"

"나?"

난 은비에게 하몽이가 어떤 존재인지 알기 때문에 은비 편을 들어야 하나 싶었지만, 한편으론 고양이나 개나 그게 그거 같단 생각이 들어서 진유 편을 들고 싶었다. 적어도 사람이 쥐처럼 쫓겨 다니며 살아서는 안 된다고 생각하기 때문에 난 진유의 고통에 오백 프로 동감했다. 그리고 진유 말대로 무엇보다도 이 일은 진유 때문에 시작된 일이다. 하지만 난 지금 그 누구의 편도 노골적으로 들고 싶진 않았다. 누구에게도 공격당하고 싶지 않으니까. 난 아낙스에게 얼른 바톤을 넘겼다.

"난…… 뭐, 아낙스 넌?"

하지만 아낙스는 아까부터 이곳에 존재하지 않는 사람, 아니 악마처럼 멍한 상태였다. 주문을 쓰고 나면 혹시 저런 증세가 생기는 걸까? 유체 이탈이라도 하고 있는 것처럼 보였다. 아낙스는 초점이 빗나간 망원경 렌즈처럼 뿌연 눈빛으로 몽롱하게 이야기했다.

"난 너희들하고 같은 편이 아니야."

"그게 무슨 소리야?"

"난 너희들에게 선택권을 준 사람이잖아. 즉 너희들 다수결에 난 적합한 구성원이 아니라고. 그리고 사실 이 일 자체가 다수결로 정할 만한 문제가 아니라고 생각해. 너희 둘이 결정해야지."

아낙스 덕분에 난 빠질 수 있게 되었다. 고마울 따름이다. 하지만 은비는 나까지 포함시켜서 발끈하며 공격했다.

"그러니까 너희는 내 동생이 개든 고양이든 상관없단 소리네? 그러게 검증도 안 받고 진유가 해 보랬다고 냉큼 주문을 외우는 법이 어디 있어? 무조건 바꿔 놔. 원래대로 돌려놓으라고."

진유도 팽팽하게 버텼다.

"난 포기 못 해."

결국 결정은 내리지 못했다. 은비는 고양이가 된 하몽이를 데리고 집으로 갔고 우리도 각자 집으로 갔다. 그런데 집에 들어와서 자려는데 아낙스가 잠깐 나오라고 전화를 했다. 집 앞이라며. 너무 늦은 시간이라 힘들다고 버텼건만 중요한 일이라고 고집을 피웠다. 결국 누나 몰래 나가려는데 거실에서 누나와 정면으로 마주치는 바람에 할 수 없이 줄넘기를 들고 나갔다. 누나는 흐뭇한 표정이었다. 이렇게 되면 들어올 때 어떻게든 땀을 내고 들어와야 한다.

"대체 뭔데?"

아무리 재촉해도 아낙스는 선뜻 입을 떼지 못했다. 아낙스답지 않게 엄청 망설였다. 시간은 계속 가고 있는데 어쩌자고 이러는 건지……. 난 아낙스를 앞에 세워 두고 줄넘기를 시작했다. 땀을 내야 하니까. 헉헉대며 뛰고 있는데 아낙스가 비명치듯 말했다.

"하몽이가 고양이로 바뀐 건 내가 한 일이 아니야."

"뭐?"

“하몽이를 고양이로 바꾸고 난 뒤 다시 원 상태로 복구가 불가능한 걸 아는 내가 그걸 할 리가 없잖아?”

“그러게. 나도 그게 이상하긴 했는데…….”

“난 주문을 외우지 않았어.”

“뭐야? 그럼 누가 그랬다는 거야?”

“…….”

“답답하네. 그럼 혹시……. 로콜프가?”

아낙스는 말을 않고 나만 빤히 바라보았다. 난 갑자기 내 등 뒤에 누군가가 서 있는 게 아닐까 싶어서 뒤를 획 돌아봤다. 아무도 없는데 괜히 소름이 돋았다. 좀 전에 뛰면서 애써서 흘린 땀이 순식간에 다 사라졌다. 왠지 로콜프는 아낙스와는 달라도 많이 다를 것 같단 생각이 든다. 명색이 남자 악마니까. 아낙스 대신 내가 먼저 편지를 열어 본 것을 절대 용서 안 할 것이다. 아무리 변명을 한다 한들 어차피 겉봉투엔 아낙스라는 이름이 적혀 있었으니까. 그리고 또 로콜프는 아낙스를 짝사랑하는 악마인데 내가 잠시 아낙스에게 묘한 감정을 가졌던 걸 안다면, 그 사실만으로도 나를 작살낼지도 모른다. 이런 상상이 순식간에 들면서 내 등줄기가 더욱 서늘해질 즈음 아낙스는 내게 진짜 쇼킹한 이야기를 꺼냈다.

“아니…… 그건 너야.”

“뭐? 나라고? 정말?”

난 멍한 채로 아낙스만 바라봤다.

"난 진유 말을 듣고 장난처럼 주문을 외는 시늉만 했어. 그럼 은비가 말릴 테고 그럼 그건 안 된다는 이야기를 해 주려던 참이었는데, 정신을 차리고 보니 하몽이가 이미 고양이로 변신해 버린 뒤더라고. 난 절대 주문을 안 외웠어. 주문이란 걸 그렇게 쉽게 내뱉지 않는다고. 그게 어떤 건지 아니까."

아! 그러고 보니 진유가 "고양이로 바꿔 봐."라고 말하기가 무섭게 나도 모르게 내 머릿속 주문을 외웠던 것 같다. 그냥 아낙스를 흉내 내 본다는 의미로. 하지만 소리 내어 외쳤던 것도 아닌데…….

"속으로만 외웠는데? 그게 가능해?"

"가능해."

"정말?"

휘둥그레진 내 눈동자를 보고 아낙스는 고개만 주억거렸다. 아……. 그게 사실이라고 생각하니 갑자기 다리에 힘이 쫙 풀렸다.

"뭐야. 그럼 나도 주문을 쓸 수 있다는 거네?"

"그런 거 같아."

"ㅇㅇ……."

나도 주문을 쓸 수 있다는 사실에 대한 능력자로서의 놀람과 환희보다는 왠지 내가 인간의 세계에서 다리를 건너 악마의 세계로 초대되었다는 느낌이 들어 으스스해졌다.

'그럼 난 악마? 아니 악마의 친척?'

돌아올 수 없는 강을 건넌 자의 비장함이랄까? 이젠 더 이상 평범한 사람이 아니라는 것만으로도 고독해지는 기분이 들었다. 그때, 아파트 계단 입구 쪽에서 하선 양의 슬리퍼 끄는 소리와 함께 그분의 악다구니 소리가 들려왔다.

"야! 정하돈, 너 안 뛰고 뭐해?"

누나의 목소리와 동시에 아낙스는 사라져 버렸다. 잽싸게 내뺀 걸 텐데도 난 아낙스가 어둠 속으로 순식간에 '슥' 하고 묻혀 버렸다고 생각해 본다. 그리고 어둠 속에 묻힌다는 게 얼마나 고독한 일일까를 상상하니 비장한 마음이 든다. 이제는 아낙스만의 일이 아닐지도 모른단 생각이 들었기 때문이다. 하지만 현관에 들어서면서 밝은 센서등 아래 서자 비장한 마음은 순식간에 흔적도 없이 사라졌다. 신기할 정도다. 대신 난 현관 앞의 거울을 보며 주문을 거는 폼을 취해 보았다. 그러자 내 혀끝에서 주문들이 자기들 마음대로 삼단 구르기를 했다. 함부로 입 밖으로 나가면 안 되기에 입은 꼭 앙다물었지만.

그날 밤, 나는 오만 가지 유혹에 휘둘리느라 도무지 잠에 들 수가 없었다.

'내가 주문을 쓸 수 있다니…….'

처음에 느낀 두려움의 뒷모습은 완전히 딴판이었다.

'그러니까, 내가 주문만 외우면 다 된다 이 말이지…….'

눈에 띄는 모든 것으로부터 자유롭지 못할 것 같았다. 눈에 보이는 모든 것에 주문을 들이대 보고 싶다는 유혹을 느꼈다. 하지만 아낙스에게도 세 번의 제한이 있듯이 나도 함부로 주문을 쓸 수 없을 거란 생각과 동시에 과연 이걸 써도 되는 것일까 하는 의구심이 심야의 그림자처럼 길게 늘어졌다. 머릿속은 복잡하기 짝이 없었다. 뭔가 내 힘으로 바꿀 수 있는 능력이 생겼다고 생각하니 온갖 유혹에 흔들려 잠이 오지 않았다. 새벽녘이 되어서야 기절하듯이 잠시 눈을 붙인 것 같다.

학교에 가기 위해 아침에 간신히 일어나 이빨을 닦는데 거울 속 내 얼굴에 다크서클이 길게 늘어진 게 보였다. 간밤에 내가 들락거리며 집적댄 온갖 잡념들이 거대한 무게가 되어 나를 눌렀다. 학교에 가서도 또다시 유혹에 시달릴 게 뻔했다.

"휴!"

칫솔을 입에 문 채 긴 한숨을 내뱉었다. 정말이지 내 의지와 상관없는 유혹은 너무 힘들다. 유혹은 내 영혼을 잘게 다지는 분쇄기 같다는 생각도 든다. 편지를 흘리고 다닌 로콜프가 새삼 또 원망스럽다. 한때 성당 주일학교에 잠시 다닌 이력이 있는 나는 기억을 더듬어 기도했다.

'저를 시험에 들지 않게 하옵소서!'

11.
나, 우주의 중심

'시험에 들지 않게 하옵소서.'

이런 기도는 백발백중 시험에 들 확률이 높은 일에 하게 되어 있다. 기도는 했지만 '과연 기도를 할 필요가 있었던가?' 하고 깊게 회의를 느낄 만큼 난 능력껏, 양껏, 충분히 시험에 들었다. 마을버스를 타면서도 교문 앞에서도 그리고 학교에서, 교실에서 한눈을 팔며 수없이 시험에 들었다. 물론 행동으로 옮기진 못했지만, 마음으로 짓는 죄도 죄라고 들었다. 그렇게 따지면 난 수없이 많은 죄를 지었다. 내 머릿속에서 세 놈이 미끄러져 넘어졌고, 한 놈이 맨홀에 빠져서 입원해야 했으며, 선생님 한 분이 복통으로 수업을 중단해야 했다. 그리고 학교는 누전으로 인한 화재로 휴교를 해야 하거나 혹은 학교 앞 도로에 거대한 싱크홀이 생겨서 역시 휴교를 해야 했다. 급식 시간에도 예외는 없었다. 식중독 증세로 전교생이 병원에 입원하는 바람에 중간고사가 무한 연기되는 즐거운 상상도 해 봤다.

물론 이런 류의 상상들은 예전에도 수없이 해 보았다. 실현 가능성이 없는 상상은 공상에 불과하지만, 지금 내가 하는 상상들은 어디까지나 현실에서 가능할 수 있다는 전제 하에 내가 쌓고 부술 수 있는 모래성 같은 것들이다. 그렇기 때문에 지금 내가 하는 상상은 비눗방울처럼 잠시 머릿속에 떴다 터져 버리는 게 아니다. 정말 가능한 일이므로 구체적이고도 현실감 있는 시나리오를 계속 써야 했는데, 머릿속이 너무나 복잡해서 터질 것 같았다.

피시방에는 근처도 못 갔다. 아니 갈 수가 없었다. 난 피시방에 들어서기가 무섭게 챌린저로 승급할 게 뻔했다. 그곳에 들어가는 순간 모든 금기 사항을 잊어버릴 테니까. 아낙스가 말한 위험 따위는 개나 주라지? 이런 배포로 챌린저가 되는 주문을 외워 잘난 척을 할 것이다. 왜냐하면 그곳은 그곳만의 질서가 따로 있는 또 다른 세계란 착각을 내게 주는 곳이기 때문이다. 게임을 하고 있는 동안에는 부모님이나 누나, 선생님들의 잔소리 같은 것들은 내게 범접조차 할 수 없다. 모든 위험으로부터 차단될 수 있는 일종의 심리적 치외법권 지역이라고나 할까? 시간당 천 원을 내야 하는 비교적 저렴한 유료 치외법권 지역이다.

아낙스한테 올려 주기로 한 티어도 이젠 이미 유효기간이 지난 영화표처럼 무가치하게 여겨졌다. 아낙스한테서 여러 번 전화가 왔지만 난 받지 않았다. 뻔할 뻔 자다. 내게 금기 사항을 주입시키느라 정신없을 테지. 은비 역시 마찬가지다. 징징거리면서 나한테 하소연할 것이다. 그럼 난 나도 모르게 하몽이를 고양이에서 개로 되돌려 줄 것이다. 그렇게 내 주문 하나로 가능한 일이지만, 그 일은 많은 여파를 남기므로 섣불리 해서는 안 된다. 함부로 주문을 쓰는 일도 문제지만, 만약 내게 그런 능력이 있는 줄 은비가 알게 되면 난 그 순간 그 애의 정신적인 노예가 될지도 모른다. 나를 잠시도 가만두지 않을 테니까. 현란한 미사여구를 들이대거나 쉽게 이해 안 가는 궤변으로 나를 들었다 놨다 할 게 뻔하다. 절대 간단한 일이 아니다. 그러므로 난 은비의 전화도 사양한다.

진유는 학교에서 쉬는 시간마다 내게 여러 번 은비에 대한 험담을 늘어놓거나 전교 1등을 못하게 되었을 때 벌어질 일에 대한 괴로움을 토로했는데, 이제는 이상하게 하나도 감정이입이 안 되었다. 모든 게 다 내가 할 수도 있는 일이라 생각하니 세상이 시시해지고 아이들과도 급이 안 맞는다는 생각이 들어서 은근히 무시하는 마음도 들었다. 아깐 매점 가는 길에 복도에서 마주친 부반장 현수가 내게 가는 김에 커피 우유를 사다 달라고 부탁했는데 '감히 나한테?' 하는 생각이 들면서 기분이 심하게 나

뻐기까지 했다.

저녁나절엔 일찍 집에 가서 잠이나 잘 작정을 했다. 학교를 나서면서 꺼 놨던 휴대폰을 켜 보니 아낙스와 은비가 나를 애타게 찾은 흔적이 낭자하게 널브러져 있었다. 걔들이 보낸 톡의 숫자가 자그마치 98개나 되었다. 하지만 하루만이라도 그 누구에게도 휩쓸리고 싶지 않아 다시 과감하게 전원을 껐다. 난 원래 소심해서 주로 남의 비위를 맞추는 편이라 웬만해서는 다른 사람의 연락을 무시하지 못한다. 그러므로 휴대폰을 꺼 놓는 일은 내가 쉽게 할 수 있는 행동이 아닌데 신기하게도 이젠 내가 우주의 중심이란 생각이 들기 시작하면서 별로 남의 감정 따위는 읽고 싶지가 않았다. 이런 기분, 처음이지만 묘한 쾌감이 있다. 굳이 표현하자면 달콤 쌉싸래한 맛이랄까? 입속을 이완시키는 달달한 맛 사이에 혀의 안쪽과 입 천장을 살포시 조이는 듯한 쌉쌀한 맛의 긴장이 은근하게 어우러진다.

그때 문자가 왔다는 진동이 울렸다. 기이한 일이다. 분명 휴대폰을 꺼 놨는데 진동이라니? 놀라서 들여다보니 전원이 꺼져 있는 가운데 문자가 와 있었다. 황당하다. 하지만 난 이런 종류의 황당함에 익숙해져야 한다. 왜? 난 주문을 쓸 줄 아는 남자니까. 예상대로 문자의 주인공은 아낙스였다.

◆ 피한다고 내가 없어지는 게 아니란 건 경험해 봐서 알지?

그렇다. 내가 바보가 아닌 이상 잊었을 리 없다. 난 순순히 아낙스와 만나기로 약속을 했다. 하지만 아낙스의 문자 내용이 묘하게 내 속을 긁었다. 나란 사람의 의지를 깡그리 무시하겠다는 표현인 것 같아서다. 다시 말해, '네가 까불어 봤자 부처님 손바닥 안이야'란 말인데, 이젠 나한테 그런 소리를 함부로 하면 안 되는 게 아닐까? 아무튼 난 '그냥, 피할 수 있을 때까지 피하려던 거지, 안 만날 생각을 한 건 아니다.' 라고 혼자 조용히 변명해 보았다.

"뭐야?"

아낙스는 날 보자마자, 카리스마 작렬하는 목소리로 한마디 질문을 패대기쳤다. 난 이미 매우 건방져 있지만 동급인 아낙스한테만은 좀 예외란 생각이 들어서 나름 연기를 했다. 다소 후줄근한 표정을 지어 보이며. 물론 아낙스와는 절대 눈을 마주치지 않고 답했다.

"그동안 너무 혼란스러웠어."

"됐고!"

"정말이야. 너라면 안 그랬겠냐? 하긴 너는 인간이 되어 본 적이 없으니 내가 어떤 기분인지 알 턱이 없지. 무섭기도 하고 황당하기도 하고 이게 뭔가 싶기도 하고……."

"너의 혼란스러움에 대해 구구절절 설명할 필요 없어. 그걸 듣자는 게 아니야."

"알아. 그렇다는 거야."

"혼란스러운 게 전부라면 이렇게 설명할 필요가 없겠지. 그것 말고 다른 이유로 나를 피했으니까 굳이 혼란스럽다는 걸 강조하고 싶은 거겠지."

인간이 되어 본 적이 없어도 알 건 다 아는 게 분명하다. 아낙스에 대해 익히 경험한 바가 많건만 괜히 쓸데없이 너스레를 떤 것 같다. 역시 쿨한 컨셉이 낫겠다.

"그래서!"

"나아갈 바를 이야기하자고."

"나아갈 바?"

"하몽이를 저렇게 둘 수는 없어. 그리고 너도."

나와 하몽이를 같은 줄에 늘어놓고 이대로 둘 수 없다니? 하몽이를 저렇게 안 둔다는 소리는 개로 다시 원상 복구 시킨다는 말로 금세 이해가 간다. 그렇지만 난? 대체 나를 어떻게 한단 소리지? 나도 원상 복구?

"나를 어떻게?"

"넌 지금 이 상태가 좋아?"

"이 상태라면…… 악마의 주문을 내가 쓸 수 있다는……."

"쓸 수 있다기보다는 그냥 가능성이 열려 있을 뿐이지."

"그게 그거 아니냐?"

"달라."

"뭐가 달라? 난 이미 하몽이를 야옹이로 바꿨잖아."

아낙스는 거기서 말을 끊었다. 아낙스는 나의 능력을 인정하고 싶어 하지 않는 눈치다. 하지만 아낙스가 인정 안 해도 하몽이가 고양이로 바뀐 건 엄연한 사실이다. 난 아까 아낙스가 물었던 '이 상태가 좋냐'던 질문을 다시 꺼내 들어 스스로에게 묻는다. 능력자라는 게 나쁠 건 없다. 다만 주문을 맘대로 써도 되는지에 대해서만 확실하게 확인받고 싶다.

"너희들 세계에 나 같은 경우가 있었어?"

"없었지. 그러니까 내가 놀란 거지."

"그럼 난 악마인 거야?"

"설마! 주문을 쓸 줄 알게 된다고 악마인 건 아니지. 앵무새가 사람 소리를 낸다고 사람인 건 아니잖아? 그냥 그 기능의 일부가 너한테 이식된 거라고 이해하면 될 것 같아."

"이식된 거라면 난 너희 수련 악마들처럼 제제 사항이 없는 게 아닐까?"

"그럴지도."

헉! 난 갑자기 흥분되어 기분이 좋아졌다. 제제 사항 없는 능력이 내게 장착되었다니 이 얼마나 황홀한 일인가?

"그렇다면 로콜프의 편지 속에 있던 세 개의 주문을 내가 다 쓸 수 있겠네?"

"아마도."

난 마음이 조급해졌다.

"그럼, 그 주문들을 어디다 쓰는 건지 알려 줘."

"먼저 해야 할 일이 있어."

"뭔데?"

"하몽이를 데리고 은비가 이리로 올 거야."

"내 얘기를 했어?"

"아니, 그러니까 넌 하몽이를 보고 저번처럼 주문을 외워서 다시 원래대로 바꾸는 거야. 은비 모르게. 알았지?"

"어!"

난 떨렸다. 먼젓번에야 내가 의식하지 못한 채로 부지불식간에 된 거지만 이번엔 내가 내 의지로 주문을 쓰게 된다. 과연 잘할 수 있을까? 떨림과 기대로 머리가 몽롱해질 지경이었다.

그래서 은비가 온 것도 몰랐다. 야옹야옹 우는 소리가 들려 뒤를 돌아보니 은비가 와 있었다. 하몽이 때문에 많이 울었는지 얼굴이 퉁퉁 부어서 보기가 흉했는데 그 와중에도 나를 보고 눈을 심하게 흘기며 다짜고짜 따졌다.

"정하돈, 너 치사 빤스인 건 진작부터 알았지만, 정말 이번에 극을 달린다."

"무슨 말이야?"

"하몽이가 이렇게 되었는데 피해? 전화도 꺼 놓고. 그러면 문제가 끝나니?"

"그건……."

"넌 문제를 직시하지 않고 맨날 도망 다니고, 괴로운 건 피하고 쉽고 편한 일만 찾으니까 게임 중독이나 되는 거야. 게임만큼 빠르게 쾌감을 주는 건 없으니까. 찌질한 놈!"

이런! 난 옛날의 내가 아닌데…… 은비 얘가 뭘 모르네? 얼마 전에 나를 사랑하네 어쩌네 하던 말도 다 헛소리였나 싶었다. 내 앞에 있을 때 자신이 마치 켜진 조명 아래 선 배우 같다는 느낌이 든다더니만, 이런 일이 생기니까 사랑 같은 감정은 거품처럼 꺼져 버린 건가? 사랑이란 게 원래 그런 거야? 은비가 더 이상 나를 멋있게 여기지 않는다고 생각하니 나 역시 별로 가릴 것 없이 말이 막 나왔다. 정말 사람은 겁나게 상대적이다.

"닥쳐! 야! 네가 나 게임 하는 데 보태 준 거 있냐? 내 갈 길을 간다는데 네가 웬 참견이야?"

"그래, 네 갈 길 가. 그렇지만 반드시 다시 돌아올걸?"

"뭐가 돌아온다는 거야?"

"네가 그동안 게임에 쓰느라 날린 그 많은 시간들, 그것들은 반드시 너의 미래에 안 좋은 결과가 되어 나타날 거야. 인생은 원인과 결과가 이어지는 거니까. 네가 맨날 피해 다니는 문제들도 다 언젠간 반드시 다시 돌아오게 되어 있단 소리야."

뭐지, 이건? 아낙스가 전에 말했던 것과 비슷한 이야기처럼 들렸다. '피한다고 없어지진 않는다'였던가? 혹시 이건 여자애들이 상습적으로 쓰는 말인가? 아무튼 진짜 귀찮다. 얼른 이 자리를 피해야겠다는 생각만 든다. 말이 더 길어지기 전에 모르쇠로 나가야지. 난 은비, 얘랑은 이제 급이 다르니까.

"뭔 소리? 잘난 척을 하려면 좀 알아먹게 하든지……. 그만하자."

하지만 그만하잔다고 그만할 은비가 아니다.

"생뚱맞은 현재가 나타나는 법은 없거든. 과거를 업고 현재가 나타난다는 소리야. 지금의 네가 너의 미래를 만든다는 거지."

"얼씨구, 과거 현재 미래 다 나오네."

모르쇠로 나가려다 보니 엉뚱한 말을 하긴 했지만, '과거를 업고 현재가 나타난다'는 은비의 말을 듣고 있자니 나 역시 제대로 된 이야기를 하고 싶어졌다. 솔직히 은비의 그 말은 은비 본인에게도 해당된다는 생각이 들었다.

'넌 모르냐? 사냥개처럼 악착같이 캐고 드는 너의 오래된 기질이 이 일을 만들었다는 걸? 그리고 네가 그렇게도 끔찍이 아끼는 네 동생 하몽이가 이 지경이 된 것도 다 너 때문이라고. 알아? 말 그대로 자업자득이야.'

말 한마디 않고 숨죽여 우리 둘만 바라보던 아낙스가 마침내 심판처럼 가운데로 들어와 막아섰다.

"됐어. 그만하면."

내가 잘못 본 건지 모르겠지만, 아낙스의 입가에 미소가 얼핏 맴돌다 숨는 것 같았다. 설마, 이 장면을 즐기고 있었던 걸까? 아낙스는 은비에게 다가가더니 어깨를 토닥이며 말했다.

"은비야, 지금부터 하몽이를 다시 돌려놓을 거야."

"정말?"

놀라움으로 환하게 웃는 은비를 향해 아낙스는 대답 대신 고개만 끄덕였다. 그런 아낙스가 미덥지 않은 건지 은비는 재차 확인했다.

"정말…… 정말 잘할 수 있는 거지?"

마치 신입생 자녀를 부탁하는 학부모라도 된 양 은비는 아낙스의 양손을 잡고 머리를 조아리기까지 했다. 그런 은비를 바라보자니 난 괜히 심통이 났다.

'확! 주문을 외우지 말까 보다. 저게 내가 해 주는 건지도 모르고 나한테 바락바락 대들어?'

내 눈을 바라보던 아낙스는 눈을 찡끗했다. 마치 이중창을 부를 때 '시작' 하고 서로 호흡을 맞추는 것 같은 포즈를 취했다. 난 속으로 아주 분명하게 주문을 외웠다.

'우시락스 바락스 스텐푸아 카당스.'

그리고 고개를 들었을 때 우리의 눈앞에는 꼬리가 긴 하몽이가 입을 벌리고 붉은 혀를 내밀며 헥헥거리고 있는 모습이 보였다. 감격의 순간이었다. 은비는 하몽이를 부둥켜안고 울고, 난 속으로 '예스!'를 외쳤다. 짜릿하다 못해 아찔한 성취감이 내 온몸을 전율하게 만들었다. 이토록 기쁜 순간을 자축하려는 건지 저 멀리 붉은 석양이 눈부시게 빛을 발했다. 난 나의 기쁨을 소리 내어 표현하고 싶었지만 은비 눈치가 보여 가까스로 표정을 가다듬어야 했다. 그러고는 약간만 생색을 냈다.

"야! 됐냐."

"뭐가?"

은비는 눈동자의 흰자를 허옇게 내보이며 쌜쭉하게 대답했다. 내가 몸소 주문을 외웠다는 사실은 까맣게 모를 테니 저럴 수도 있겠으나, 그래도 하몽이가 원래대로 돌아온 사실만을 감사한다면 세상 모두에게 호의적이어야 할 텐데 은비는 전혀 그렇지 않은가 보았다.

"하몽이가 개가 되었잖아?"

"하몽이는 원래 개였어."

"그래서 안 기쁘단 거야?"

"안 기쁘단 게 아니라, 친구라면서 내 고통을 완전 나 몰라라 했던 네가 새삼 내 기쁨을 이해하는 것처럼 구는 게 이해가 안 간단 소리야. 자기 좋은 것만 하는 게 친구냐?"

좋은 일이 생겼으니 같이 즐겁기만 하면 될 텐데 왜 저렇게 꼬치꼬치 따지고 드는지 조금 짜증이 났다. 하지만 솔직히 은비 말이 틀린 건 아니란 생각도 들었다. 아닌 게 아니라 난 하몽이가 고양이가 된 것에 대해서 아무런 감정이입이 안 되었다. 은비가 아무리 대성통곡을 해도 내게 강아지와 고양이는 그냥 동물일 뿐이었으니까.

"그거야…… 네 강아지한테 맘이 안 가는데 어떡하냐? 내 맘을 억지로 끌어다 놓냐?"

"너 잘났어."

은비는 입을 삐죽거리곤 하몽이를 안고서 통통 튀어가 버렸다. 솔직히 내가 뭘 잘못했는지 모르겠다. 마음으로 이해가 안 되는 것도 억지로라도 공감해 주는 게 친구인 건가? 잘 모르겠다. 그리고 지금으로선 알고 싶지도 않다. 은비든 누구든 지금 누군가의 비위를 맞춰 주기엔 적절치 않을 만큼 난 업그레이드된 상태이기 때문이다. 내게는 주문이 있다. 일반인들은 범접하지 못할 놀라운 주문. 그러니 아이들과 이런저런 비교할 필요도 없고 맞출 필요도 없다. 어차피 동급이 아니란 건 같은 저울을 쓰는 게 아니라서 아예 비교조차가 안 되는 거니까.

은비가 사라지고 난 뒤의 내 마음은 조금 전 내가 해냈던 일로 다시 돌아갔다. 그 떨리는 감동의 순간을 다시 기억하며 아낙스를 향해 보란 듯이 환하게 미소를 지어 보였다.

"내가 한 거 봤지? 대박 아니냐?"

하지만 아낙스는 내 감격에 동참할 의사가 전혀 없는지 진지하고도 무거운 표정이었다.

"기뻐?"

"그럼, 안 기쁘냐?"

"뭐가? 하몽이가 다시 개로 된 게?"

"아……. 물론 그것도 그렇지. 그리고 내가 한 일에 대한 성취감도 있고."

"그게 왜 네가 한 거야?"

"뭔 소리야? 방금 내가 한 거잖아."

"네가 주문을 외웠다뿐이지, 너의 노력이 들어간 건 하나도 없잖아."

"그렇게 빠듯하게 얘기할 건 또 뭐냐?"

"물론 사람이 횡재를 해도 기쁜 게 인지상정이긴 한데 공짜로 들어온 건 공짜로 나가게 되어 있어. 그래서 로또 맞은 사람들 중에 다시 원래대로 사는 사람이 많다잖아."

"왜 그렇게 교육적으로 나가?"

"그냥 그렇다는 거지."

내 성취감에 왜 굳이 찬물을 끼얹는 건지 아낙스의 심사는 모르겠으나 한 가지를 이루고 나니 그다음 두 가지도 더 갖고 싶다는 욕심이 생겨서 나는 안달이 났다.

"나머지 두 개의 주문은 어디다 쓰는 거야?"

"뭔데? 말해 봐."

"네가 말하라니까?"

"네가 로콜프의 편지에 적힌 것들을 먼저 말해야 내가 말해 주지."

난 머릿속에 각인된 나머지 두 개의 주문을 술술 읊어 주었다. 내 주문을 다 들은 아낙스는 고개를 끄덕였다.

"접수!"

"이제 말해 줘."

"글쎄, 말해 줘도 네가 쓸 수 있을 것 같지가 않네."

"그게 뭔 소리야?"

난 성마른 마음이 되어 아낙스를 재촉했다. 마치 아낙스가 내 돈을 빼앗아 가서 돌려주지 않는 것 같은 기분이 들어서였다.

"하고 못 하고는 내가 알아서 할 테니 뭔지 얼른 말해 봐."

그때 등 뒤에서 누군가가 뛰어오는 소리가 들렸다. 돌아보니 진유였다. 얼굴이 벌겋게 달아오른 걸 보니 화가 잔뜩 난 모양새였다.

"뭐냐구!"

누구에게랄 것도 없이 진유는 그냥 마구잡이로 소리쳤다.

"왜?"

내가 물었다.

"은비한테 얘기 다 들었어. 하몽이로 다시 변신시켰다며?"

"어."

"그럼 난?"

"못하는 거지."

조금 부드럽게 말하면 좋으련만 아낙스가 끼어들더니 냉정하게 잘라 말했다. 그러자 얼굴이 벌게진 진유가 소리쳤다.

"장난하냐?"

"장난일 리가 있니? 하지만 이건 나의 선택도 아니고, 일이 이렇게 되어 버린 것뿐이야."

"그래. 네 일이 아니니까."

아니, 내가 알기로 아낙스에겐 분명 한 번의 기회가 남아 있다. 그런데 왜 저렇게 이야기를 하는 건지 알 수가 없었다. 그렇다고 내가 이 대목에서 선뜻 말할 수도 없고. 난 입이 간지러워 움찔거리기만 하다가 한마디 찔러 보았다.

"아낙스, 너 할 수 있지 않냐?"

"방금, 하몽이에게 썼잖아."

"아니…… 그래도…… 그게…… 그런 법이…… 어디 있냐?"

하지만 아낙스는 내 말은 싹 무시하고 진유에게 말했다.

"내 일이 아니라서가 아니라, 난 이렇게 된 게 너한테 더 좋은 거라고 생각해."

"뭐가 더 좋은데? 말해 봐."

"문제를 계속 피해 다닐 수 없는 거니까. 그리고 공짜로 성적을 얻는다는 건 너한테 독이 되는 일일 수도 있어."

"나도 그 정도는 알아."

난 끼어들지는 않았지만 속으로 오백 프로 진유를 지지하고 있었다.

'아낙스 잰, 왜 이제 와서 저딴 초급반에서나 취급할 만한 소리를 하는 거야?'

아낙스는 살벌한 표정의 진유를 앞에 두고도 전혀 당황하지 않고 조용히 읊조렸다.

"서진유, 쉬운 길로만 다닐 수는 없잖아. 하드 타임을 견뎌야 한다고. 강을 건너는데 발을 안 적시고 건널 방법이 있겠니? 이 시간을 견디면……."

"닥치라구!"

"훨씬……."

"닥쳐!"

진유는 화가 나 어쩔 줄 모르겠는지 우왕좌왕하다가 벽을 발로 찼다. 그러고도 성이 안 차는지 이번엔 주먹을 들어 벽을 때리기도 했다. 말리려고 내가 다가서자 진유는 손을 들어 단호하게 '됐다'는 시늉을 했다. 한 발만 더 가면 주먹이라도 날아올 기세였다. 난 진유의 마음이 진심으로 이해되었다. 물론 아낙스가 잘못한 건 아니지만 그래도 일이 이렇게 꼬여서 그토록 진유가 바라던 일이 수포로 돌아갔다면 최소한 미안한 표정은 지어야 한다고 생각한다. 그런데 아낙스는 너무 천연덕스럽게 말했다. '못하는 거지.'라며. 그 말의 후렴구에는 마치 '쌤통'이라는 말이 줄줄이 달려 있을 것처럼 들렸다. 그래서 난 속으로 혼자 결심했다.

'좋아, 아낙스가 안 한다면 내가 해 주지 뭐.'

그렇게 생각하고 나니 진유의 고통이고 뭐고 더 이상 아무것도 신경 쓰이지 않았다. 그래서 난 위로 한마디도 안 건네고 진유를 그냥 보냈다. 축 처진 어깨로 걸어가는 진유의 뒷모습 보는 데도 아무런 감정조차 안 일었다. 스스로가 낯설게 느껴질 만큼의 무덤덤함이 내 안에 자리 잡고 있는 걸 발견했는데, 그 무덤덤함 안에는 내가 굳이 애써 가면서 진유를 다독거리고 싶지 않다는 오만함이 있었다. 난 이미 모두와 달라져 있다. 내겐 무려 세 개의 주문이 있고 그 주문으로 많은 걸 쥐락펴락할 수 있다. 그 생각만으로 뿌듯하기도 하고 한편으론 그래서 모든 게 다 시시하게만 여겨지기도 했다. 발끝을 올리고 손을 최대한으로 뻗어서 간신히 손가락 끝이 닿을 듯 말 듯 할 때의 그 절절한 안타까움 같은 건 이제 더 이상 내 것이 아니다. 마치 재벌이 백화점에 들어가서 물건을 둘러볼 때의 느낌과 같을 거다. 맘만 먹으면 무엇이든 다 가질 수 있다는 데서 오는 행복감보다는 다 가질 수 있기 때문에 모든 게 다 시시해 보이는 감정이 더 클 것이다. 그렇다면 난 엄청난 능력을 가진 대신 행복감을 반납하고 시들함을 얻게 된 건가? 그럼, 안 좋은 게 아닐까? 하지만 뒤이어 오만함이 다시 머리를 쳐들었다. 모든 걸 가진 자만이 갖게 되는 우월하고도 급이 다른 행복감이 있을 테니 그깟 자잘한 감정쯤이야 시들해진다한들 별것 아니리라.

진유의 뒷모습이 내 눈에서 사라져 갈 때쯤 뒤를 돌아보니 아낙스 역시 사라지고 없었다. 나머지 두 개의 주문에 대해 말해 주지도 않고 그냥 가 버리다니…… 왠지 말해 주기 싫어서 도망갔다는 생각이 들었다. 서둘러 전화해 봤지만 받지 않았다. 전화기가 꺼져 있단다. 전화기를 꺼 놔도 나 역시 문자를 보낼 수 있는 방법이 있지 않을까 싶어서 주문을 외우면서 문자를 보냈다.

- 전화기를 꺼 놓았다고 해서 내가 문자를 못 보내는 건 아니란 걸 너도 알지?

하지만 문자를 받았을 텐데도 아낙스는 답이 없었다. 아낙스는 나와는 조금 다른 것 같다. 그래도 난 어떻게든 나머지 주문에 대해 알아내리라고 다짐했다.

12.

안녕, 악마

집으로 가는 길에 한수와 수완이, 우람이 등등 떼로 모여 피시방을 가는 애들을 만났다. 다들 학원을 째고 피시방에 가는 길이란다. 한수가 내 목에 헤드록을 걸면서 같이 가자고 졸랐지만, 전혀 의욕이 안 생겼다. 난 이제 더 이상 컴퓨터 안의 파리 떼 같은 허상의 무언가를 쫓아다닐 만한 사람이 아니니까. '난 너희들과 다르다'란 생각이 신기할 정도로 내 몸 전체에 힘이 들어가게 했다. '목에 깁스했냐?'라는 애들의 농담이 진짜 실감이 났다.

집에 오니 모처럼 아빠와 새엄마 그리고 누나까지 다 있었다.

"어서 와라, 하돈아."

오늘따라 새엄마가 나를 보며 유난히 반겼다. 그때 피시방에서 만난 이후로 새엄마는 늘 나를 하돈이라고 부른다. 그리고 내

덕에 엉겁결에 누나까지도 '양'이란 꼬리표를 뗐다. 대신 늘 '하선 누나'라고 부른다. 그만큼 내가 비중이 크다는 걸 상징하는 거다. 난 새엄마를 위해 주문을 한 번쯤은 써야겠다고 생각했다. 잘은 모르지만 두 번째나 세 번째 주문은 무에서 유를 창조하는 일을 가능케 하는 걸지도 모른다.

방에서 옷을 갈아입는데 누나가 얼른 나오라고 소리쳤다. 나와 보니 식탁 위에 생일 케이크가 놓여 있었다. 아! 그러고 보니 내일이 내 생일이지. 요새 하도 정신이 없어서 내 생일이 오는 것도 까먹고 있었다.

"아빠가 내일 외국 출장을 가서 부득이하게 오늘 하게 되었어. 대신 내일은 친구들을 불러서 집에서 생일 파티를 해라. 아빠가 두둑하게 후원해 줄 테니까 너희들 먹고 싶은 거 얼마든지 시켜 먹고."

"그래, 누나도 자리를 비켜 달라면 비켜 줄게. 친구들이랑 신나게 놀아."

아빠와 누나의 선심을 듣고 있자니 갑자기 가슴속에 찬바람이 서늘하게 불어왔다. 은비와는 싸웠고 진유 역시 지금은 화가 잔뜩 나 있을 테니 내 생일 따위는 안중에도 없으리라. 아낙스도 전화를 안 받는 중이고. 그렇다고 요새 진유와 다니느라 사이가 멀어져 서먹해진 게임 친구들을 부르고 싶지는 않았다. 그리고 무엇보다도 애들하고 노는 것 자체가 약간 시시하게 느껴졌다.

"곧 중간고사라 애들을 초대한다는 게 쉽지가 않습니다."

정중하게 사양했건만 누나가 눈치 없이 나섰다.

"그럼 은비라도 불러. 걔는 학교도 안 다니니까 한가할 거 아냐."

"나도 중간고사인데 나는 공부는 안 하나? 난 학생도 아닌가?"

괜히 누나한테 화풀이를 했다.

"알았어. 놀라고 자리를 만들어 준다는데도 못 논다니…… 너 되게 낯설다."

누나는 아무렇지 않은 듯 받아쳤지만 새엄마가 있어서 그런지 약간 무안해하는 표정이었다. 누나에게 미안한 마음이 들었다. 그래서 분위기도 바꿀 겸 즉흥적으로 제안을 했다.

"촛불을 붙여 주시면 제가 초를 끄겠습니다. 그런데…… 여기서 제가 마술을 보여 드리겠습니다."

"마술? 무슨 마술?"

새엄마가 배시시 보조개를 보이면서 말했다.

"제가 저 촛불들을 다 끈다 이거죠. 오로지 눈빛으로만."

"눈으로? 어떻게? 기죽여서? 뻔해. 너 콧김으로 끄려는 거지?"

"누나가 그럴 줄 알았어. 내가 손으로 코과 입을 막고 오로지 눈만으로만 해 보일게. 기대해 봐!"

"그래, 얼른 한번 보자."

아빠까지 나섰다. 난 손으로 입과 코를 가리고 마음속으로 주문을 외웠다.

'우시락스 바락스 스텐푸아 카당스.'

하몽이를 고양이로 그리고 다시 개로 변신시킨 나로서는 고작 열일곱 개의 촛불을 끄는 건 일도 아니리라. 물론 초코 케이크를 생크림 케이크로 바꿀 수도 있지만 그렇게 되면 누나의 호들갑을 감당해야 할 일이 생길 테니 그냥 이 정도로만 하기로 했다.

하지만 아무리 주문을 외워 봐도 촛불은 꿈쩍도 않고 보란 듯이 낭창낭창 불꽃 춤을 추어 댔다. 두 번, 세 번, 네 번을 해 봐도 마찬가지였다. 급기야 촛농이 케이크 위로 뚝뚝 떨어지기 시작했다. 그러자 새엄마가 박수를 치면서 손바람을 일으키기 시작하고 뒤이어 누나와 아빠까지 입술을 가늘게 펴서 바람을 불어 대며 외쳤다.

"어! 어! 진짜 꺼지네."

그렇게 열일곱 개의 초는 간신히 다 꺼졌고 뒤이어 진부한 생일 축하 노래와 박수로 모든 걸 마무리 지었다. 난 당혹감에 손발이 다 떨릴 지경이었지만, 애써 식구들에게 표정을 숨기며 케이크를 먹고 선물 증정식까지 마치고 난 후 내 방에 들어왔다.

방에 들어서자마자 눈에 띄는 것마다에 주문을 외워 대면서 닥치는 대로 시도를 해 봤다. 하지만 내 주문대로 변하는 것은 아무것도 없었다. 원숭이 인형을 보면서 오랑우탄으로 변하라고 주문을 외웠건만 그 쉬운 것조차 들어먹지 않았다. 젠장! 구걸하듯 인형을 흔들어 보기도 했으나 눈 하나 깜짝 안 했다. 대체 뭐가 문제지? 휴대폰에 대고 음성인식을 할 때처럼 또박또박한 음절씩 발음을 정확하게 하면서 주문을 외워 보기도 했다. 하지만 내 말을 들어먹는 건 아무것도 없었다. 이게 아닌데…….

앗! 그때 불현듯 예전 일이 떠올랐다. 처음 주문을 무엇에 쓸까 하고 공원에서 의논할 때 아낙스가 말했던 게 생각났다. 경제질서를 위배해도 안 되고 식물들의 질서 교란도 안 된다는 둥, 나름 악마들이 정한 규칙이 있다고 했으니 어쩌면 실내에서의 주문 사용 역시 불가능한 걸지도 모른단 생각이 들었다. 아닌 게 아니라 그동안 주문은 항상 밖에서만 실행했었으니까. 우리가 항상 공원에서만 만났던 게 다 이유가 있었던 거겠지. 그럼 그렇지. 그래서 난 밖으로 나가 시도해 보기로 결정했다.

허겁지겁 삼선 슬리퍼를 꿰차고 아파트 일 층으로 내려왔는데 거짓말처럼 진유가 거기 서 있었다. 이 일이 시작되기 전의 언젠가처럼 절망에 찌든 얼굴로 말이다. 난 다소 심드렁한 말투로 물었다.

"웬일?"

"그만 소리가 나오냐?"

"그럼 어떤 소리를 해야 하는데?"

"어쭈구리! 이게 미쳤나?"

진유는 눈을 희번덕거리며 나를 한 대 칠 듯한 포즈를 취했다. 여느 때 같으면 일단 피하고 보았겠지만 이미 달라진 나는 그러지 않았다. 조건이 달라지면 마음 씀씀이도 다르게 굴러가게 되어 있나 보다. 어디서 나오는지 모를 낯설고 생소한 표현이 내 입 밖으로 나오고 있었다.

"왜 자식아, 한 대 치게? 쳐 봐. 이게 어디서 감히!"

"돌았군."

내 안에서 갑자기 분한 마음이 치밀어 올랐다. 내가 그동안 자기를 위해서 얼마나 많은 시간을 게임에 쏟았는데, 자식이 피시방값도 한번 안 내고는 왜 늘 고자세야? 그러면서 본전 생각이 났다. 난 선의로, 우정으로 했다고 생각했지만 그게 전부는 아니었나 보다.

"야! 쳐 봐. 치라구!"

"됐다. 그만하자."

진유는 풀이 죽어 아파트 화단 앞 벤치에 앉았다. 나의 격한 반응에 많이 놀란 눈치였다. 하긴 나 역시 놀라웠으니까.

"야! 서진유. 일이 이렇게 된 게 내 잘못이냐구?"

"됐어. 난 그냥 답답해서 온 건데…… 네가 싸가지 없게 말해서 화가 나서 그런 거야."

"까짓거…… 1등, 일단 시험을 열심히 봐."

"뭔 소리야?"

"아니…… 그냥 내가 시키는 대로만 해."

"흣!"

진유는 코웃음을 쳤다. 물론 내 능력을 모르니 저런 반응이 당연하지. 하지만 사실을 알면 짜식이 돌변해서 나한테 매달리겠지? 진유의 코웃음이 내 심기를 건드려 슬슬 기분이 나빠지려고 했다.

"싫음 말고!"

"……."

잠시 어색한 침묵이 우리 둘 사이에 흘렀다. 침묵이 무거워 내가 몸을 움직이려는데 진유가 긴 한숨을 내쉬더니 말했다.

"있잖아. 내가 생각해 봤는데…… 만약에 이렇게 안 되고 계획한 대로 내가 아낙스의 도움으로 전교 1등을 했다면, 그 뒤엔 어떻게 되었을까?"

"어떻게 되긴? 일단 숨통이 트여서 네 말대로 아빠랑 딜 하고 뭐……."

"아니! 그랬다면 그 뒤로 더 좋아지지 않았을 수도 있단 생각이 들어. 어쩌면 평생 아낙스 같은 애를 찾아다니는 데 힘을 썼을 수도 있었을 것 같아. 편한 맛을 봤으니까."

"와! 너 합리화 쩐다."

"무슨 합리화?"

"네가 만약 지금이라도 아낙스가 다시 해 준다고 하면 싫다고 하겠냐? 안 된다고 하니까 잽싸게 '아, 그거 신 포도야.' 이딴 소리 하고 있는 거잖아?"

"그럴지도 모르지. 근데 애초에 내가 네 말을 믿은 게 잘못이란 생각이 든다."

"치사한 놈! 이제 와서 그딴 소리냐?"

"그렇다고 널 원망하는 건 아니고."

갑자기 진유의 합리화가 못 견디도록 비겁하게 느껴졌다. 그래서 호기롭게 말했다.

"하여간에…… 암튼 넌 내가 시키는 대로 그냥 시험이나 열심히 봐. 내가 힘써 볼게."

"뭔 힘? 네가? 풋! 됐다! 헛소리 그만하고 네 일이나 해라."

마지막까지 나를 상대로 코웃음 치는 진유가 얄미워서 난 나의 능력에 대해 털어놓고 싶은 유혹을 느꼈다. 그 이야기를 듣고 나면 아마도 진유는 나한테 납작 기겠지? 그런 진유의 모습을 보고 싶다는 욕구가 내 안에서 미친 듯이 끓어 넘치기 시작했다. 뒷감당은 나중 일이고 일단은 내 앞에서 박박 기는 진유를 보고 싶었다. 진유가 '애초에 네 말을 믿은 게 잘못이다'라고 한 말이 내 자존심을 건드렸기 때문이다. 그 말은 마치 '공부도 못하는 너를 내가 믿다니…….' 하는 뜻이 들어 있는 것처럼 느껴졌다.

그래서 난 나의 능력을 보여 주기로 작정했다.

"야! 너 내 삼선 슬리퍼 보이지?"

"응."

"잘 봐. 운동화로 바뀐다."

그러고는 주문을 외웠다. 고양이로 변신한 하몽이가 다시 강아지로 바뀌던 그 엄청난 순간을 머릿속으로 떠올리며. 열과 성을 다해서 주문을 외웠다. 이번엔 입 밖으로 소리까지 내면서.

"우시락스 바락스 스텐푸아 카당스."

삼선 슬리퍼는 여전히 그 모습 그대로다.

"우. 시. 락. 스. 바. 락. 스. 스. 텐. 푸. 아. 카. 당. 스."

안 바뀐다. 이럴 리가 없는데……. 여긴 밖이고 공원과 환경이 크게 다를 바가 없는데……. 왜 안 먹히는 거지? 난 초조한 마음에 연거푸 세 번이나 주문을 외웠다. 내 발을 열심히 바라보던 진유가 일어서며 내 등을 두들기고는 말했다.

"정하돈, 한번 슬리퍼는 영원한 슬리퍼야."

그러고는 터덜거리며 갔다. 가다 말고 등 뒤에 남겨진 나를 위해 돌아서서 약 올리듯 손을 흔들며 큰 소리로 외쳤다.

"화이팅!"

난 당혹스러움에 어쩔 줄 몰라서 가만히 서 있었다. 뭐가 잘못된 거지? 발아래로 땅이 꺼지는 듯한 느낌이 들어서 발을 뗄 수조차 없었다. 그때 베란다 창문이 열리면서 이 층에서 하선 누나가 나를 불렀다.

"너 전화 왔는데? 안 받을 거야?"

좀 전에 나올 때 휴대폰을 현관 신발장 위에 놓았던 걸 깜빡했다.

"누군데?"

"아낙스라고 찍혔네."

이렇게 반가울 데가! 숙제 검사 십 분 전, 쩔쩔매고 있을 때 답지를 들고 온 친구처럼 반갑기 짝이 없었다. 난 헐레벌떡 뛰어올라가 전화를 받았다. 헉헉거리며 숨도 제대로 못 추스르는 나를 상대로 아낙스는 우아하게 말했다.

"정하돈, 생일 축하해."

아낙스는 마치 내 생일을 축하하기 위해 걸었다는 듯이 아주 양명한 목소리로 축하 인사부터 건넸다.

"축하 고마워. 근데 낙스야."

급한 맘에 질문부터 하려는데 아낙스는 여지없이 내 말을 잘라먹고 자기 할 말을 먼저 들이밀었다.

"생일 선물도 못 주고 가서 미안하네."

"어? 어디 가?"

"나…… 내가 온 곳으로 돌아가."

"정말? 왜?"

"왜라니? 때가 되었으니 가야지."

"잠깐, 아낙스. 근데 안 돼."

"뭐가?"

"주문이 안 먹힌다구."

"당연해."

뭐? 당연? 너무나 황당한 대답에 정신이 멍해졌다.

"야! 뭐가 당연하다는 거야?"

"나의 세 번째 주문은 너를 위해서 썼으니까."

"나를 위해서 썼다는 게 무슨 말이야?"

"말 그대로야. 네 머릿속에 들어 있는 주문의 효력을 깔끔하게 지우는 데 내 주문을 썼다는 거야. 그래서 진유에게는 주문을 더 쓸 수 없었던 거지."

"지금 내 머릿속에서 로콜프의 편지가 다 지워졌단 이야기를 하는 거야?"

"그렇지."

"웃기지 마. 난 그 주문을 외고 있거든?"

"그거야 네가 그동안 반복한 걸로 암기된 거겠지. 너도 그 정도의 암기력은 있잖아?"

"뭐? 잠깐만."

난 소리 내어 주문을 외워 보았다. 그런데 무슨 조홧속인지 두 번째부터는 기억이 나지 않았다. 첫머리 정도는 기억이 나는데 그다음부터는 깜깜하다. 두 번째 주문은 자주 안 외웠으니 암기조차 안 된 건가 보다. 그렇다면 아낙스의 말이 맞다.

"정말 기억이 안 나네. 야! 너 왜 그런 짓을 했어?"

"너를 위해서."

"뭐?"

허탈함에 다리가 풀리는 기분이 들었다. 난 침대 위에 주저앉았다. 더 이상 말을 잇지 못하는 나를 아낙스는 속삭이듯 불렀다.

"하돈아?"

"……."

난 대답 대신 내 머릿속을 뒤적였다.

주문을 쓸 줄 알게 된 뒤로의 나의 여정이 파노라마처럼 펼쳐졌다. 기대감도 있었지만 숱한 유혹 때문에 마음은 시달렸고 사람들과의 관계의 질서도 무너지는 체험을 했던 것 같다. 조금 전 진유에게 느꼈던 감정들도 그렇고. 그래도 이건 아닌데……. 허무한 마음이 내 존재를 지우는 기분이 들었다.

내 기분은 아랑곳 않고 아낙스는 여전히 특유의 양명한 어투로 계속 떠들어 댔다.

"정하돈, 그동안 즐거웠다. 여기까지가 내 임무야."

"임무라니?"

"악마가 거는 딴지."

아! 언젠가 아낙스가 했던 말이 떠올랐다. 악마가 발을 건다던 그 이야기.

그렇구나. 역시 아낙스가 우리에게 발을 걸었던 거구나. 악마의 발에 걸려 자빠지고 엎어진 내 모습이 머릿속에 영상처럼 떠오르며 분한 감정이 솟구쳤다.

"잠깐, 그럼 이 모든 게 다 너희들의 의도된 행동이야? 어디서부터야? 로콜프의 편지부터인 거야?"

"하돈아, 우린 그냥 발만 걸었어. 넘어진 건 너희들의 선택이었고."

"잠깐만! 아낙스."

"갈게."

"야!"

"왜?"

"진짜 가야 해?"

난 무슨 말을 하든 더 이어서 아낙스와의 전화를 끊고 싶지 않았다. 거기엔 서운함도 있었고 한때의 영광을 다시 누려 보고 싶은 달달한 유혹, 허무함, 잘났다고 설레발치던 나 자신에 대한 자괴감도 있는 것 같았다. 그리고 매력적으로 끌렸던 아낙스에 대한 미련, 하필이면 왜 내가 발에 걸려야 하느냐는 분한 마음, 어디서부터가 그들의 딴지였는지에 대한 궁금증도 있었다. 뭐라 표현할 수 없는 복잡다단한 감정이 내 목울대를 조이는 기분이 들었다.

"섭섭해?"

"……그게 뭐라고 말해야 할지…… 아무튼……."

"멀리 안 가. 우린 너희들 안에 살고 있어. 살면서 넘어질 때마다 우릴 떠올려 봐."

"넘어질 때마다?"

"안 넘어질 수는 없거든."

"그렇겠지. 두 다리로 서 있으니까."

"그렇기 때문에 우리는 반드시, 다시 돌아올 거야."

"반드시, 다시 돌아온다구?"

"어."

반드시, 다시 돌아온다? 어디선가 들은 기억이 난다. 아마, 은비가 그랬지? 그때 왜 아낙스의 입가에 미소가 잠시 머물다 간 건지 이제야 알 것 같았다.

"야! 아낙스."

머릿속이 하얘져서 아낙스를 부르긴 했어도 무슨 말을 더 이어야 할지 몰랐다.

"아 참, 그리고 은비하고 진유하고 안 좋아진 건 너무 걱정하지 마. 서로 다투면서 알게 되는 것도 있었잖아. 비 온 뒤에 땅이 굳어진다던가? 그런 거지 뭐. 단지 왜 넘어졌는지만 알아낸다면 넘어지는 게 꼭 나쁜 것만은 아니야."

"……."

"안녕."

"그래, 일단 안녕."

머릿속은 여전히 하얗기만 해서 도무지 생각이 정리되지 않았다. 그냥 지금은 이렇게 멍하니 있는 게 맞는 것 같다. 그런데 난 왜 "일단, 안녕."이라고 했을까? 반드시 다시 돌아온다고 해서 그랬을까? 아무튼 차차 생각해 봐야겠다. 왜 넘어졌는지를 알아내라니…… 또다시 넘어지지 않기 위해 두 다리에 힘을 길러야겠다. 반드시 돌아온다지만 내가 또 반드시 넘어지란 법은 없는 거니까.

식탁에 남은 생일 케이크나 조금 더 먹어야겠다. 멈춰 선 내 머리를 움직일 수 있게 하려면 뭐든 입에 넣어야 할 것 같다. 설마, 이 일이 내 열일곱 살의 선물은 아니겠지?

•••

작가의 말

북미 체로키 인디언들 사이에 전해져 내려오는 이야기라고 한다. 어느 인디언 추장 할아버지가 손자에게 물었다. 우리 마음 속에 사는 선한 의지를 가진 하얀 늑대와 악한 의지를 가진 검은 늑대가 싸우면 누가 이기겠냐며. 당연히 답을 모르는 손자가 누가 이기냐고 되묻자 추장은 답했다. "우리가 밥을 주는 늑대가 이긴다"고. 모든 것이 우리의 선택에 달려 있다는 이 이야기를 떠올리며 소설을 쓰기 시작했다.

많은 사람들이 이 이야기를 인용하며 궁극적으로 하얀 늑대를 키워야 하는 당위성을 강조하는 데 초점을 두곤 하지만 내 경우엔 '선택'에 관심을 두었다. 늑대들만이 아니라 우리 안의 숱한 감정들도 운명적인 거라 그냥 휘둘릴 수밖에 없는 것이 아니라 사실은 우리의 선택에 의해서 그 생존 여부가 정해지는 것이니까.

시행착오를 통해 많은 것을 배우고 커 나가야 할 청소년들이므로 항상 옳고 합리적이고 효율적이고 이상적인 선택만 하려고 너무 애쓰지 말라고 이야기하고 싶다. 하지만 그래도 내 안에 살고 있는 늑대를 들여다보고 나를 움직이는 동력이 무엇인지는 알아야 할 것이다. 내가 나를 모르면 무엇인지도 모를 힘이 나를 휘두르고 급기야는 나를 이끌어 가기 때문이다. 그러기 위해서는 내가 왜 넘어졌는지는 반드시 알아야 한다.

내 페이스로 걸으며 나만의 색을 갖고 나에게 맞는 선택을 하고 있는지 아니면 대세에 밀려가면서 학습된 주입식 선택을 하고 있는지 한 번쯤 되돌아보라고 유소년 악마 '아낙스'라는 캐릭터를 만들었다. 아낙스는 악마라서 본업을 실행하기 위해 우리의 발을 건다. 하지만 넘어지고 안 넘어지고는 우리 자신의 몫이다.

고개를 돌려 보면 지금도 아낙스가 의자 위에 앉아 발장난을 하며 우리에게 '안녕!' 하고 인사를 건넬지도 모른다. 겁내거나 두려워할 필요 없다. 알은 체를 하고 안 하고는 우리의 선택이니까.

반드시, 다시 돌아올 모든 것들을 씩씩하게 맞을 준비를 해야겠다.

머지않아 올 봄에게도 인사를 해 본다.

2017년 2월, 박하령

블루픽션 68

반드시 다시 돌아온다

1판 1쇄 펴냄 2017년 3월 14일
1판 4쇄 펴냄 2021년 7월 26일

지은이 박하령
펴낸이 박상희
편집주간 박지은
편집 장은혜
디자인 박연미

펴낸곳 (주)비룡소
출판등록 1994년 3월 17일 제16-849호
주소 06027 서울시 강남구 도산대로1길 62 강남출판문화센터 4층
전화 영업 02)515-2000 편집 02)3443-4318,9 팩스 02)515-2007
홈페이지 www.bir.co.kr
제품명 어린이용 반양장 도서 제조자명 (주)비룡소 제조국명 대한민국 사용연령 3세 이상

ISBN 978-89-491-2342-4 44800
978-89-491-2053-9 (세트)

이 도서의 국립중앙도서관 출판시도서목록(CIP)은 서지정보유통지원시스템 홈페이지(http://seoji.nl.go.kr)와 국가자료공동목록시스템(http://www.nl.go.kr/kolisnet)에서 이용하실 수 있습니다.
(CIP제어번호 : CIP2017005423)

| **블루픽션** 시리즈

1. 스켈리그 데이비드 알몬드 글/ 김연수 옮김
안데르센 상, 엘리너 파전 문학상, 카네기 상, 휘트브레드 상, 마이클 L.프린츠 상,
어린이도서연구회 권장 도서, 책교실 권장 도서, 중앙독서교육 추천 도서

2. 운하의 소녀 티에리 르냉 글/ 조현실 옮김
소르시에르 상, 어린이도서연구회 권장 도서

4. 0에서 10까지 사랑의 편지 수지 모건스턴 글/ 이정임 옮김
밀드레드 L. 배첼더 상, 어린이도서연구회 권장 도서

5. 희망의 섬 78번지 우리 오를레브 글/ 유혜경 옮김
안데르센 상 수상 작가, 밀드레드 L. 배첼더 상, 머더카이 상, 아침햇살 선정 좋은 어린이 책,
중앙독서교육 추천 도서, 책교실 권장 도서, 책따세 추천 도서

6. 뤽스 극장의 연인 자닌 테송 글/ 조현실 옮김
프랑스 '올해의 청소년 책', 소르시에르 상, 어린이도서연구회 권장 도서, 열린 어린이가 뽑은 좋은 책

7. 시인 X 엘리자베스 아체베도 글/ 황유원 옮김
카네기상, 내셔널 북 어워드, 마이클 L. 프린츠 상, 보스턴 글로브 혼 북 상, 골든 카이트 어워드,
아침독서 추천 도서

9. 이매지너리 프렌드 매튜 딕스 글/ 정회성 옮김

10. 초콜릿 전쟁 로버트 코마이어 글/ 안인희 옮김
미국 도서관 협회 선정 도서, 뉴욕타임스 선정 도서, 어린이도서연구회 권장 도서

11. 전갈의 아이 낸시 파머 글/ 백영미 옮김
뉴베리 상, 국제 도서 협회 선정 도서, 마이클 L. 프린츠 상, 책교실 권장 도서, 어린이도서연구회 권장 도서

13. 나의 산에서 진 C. 조지 글/ 김원구 옮김
뉴베리 상, 미국 도서관 협회 선정 도서, 어린이도서연구회 권장 도서,
열린 어린이가 뽑은 좋은 책, 책교실 권장 도서

15. 우리 형은 제시카 존 보인 글/ 정회성 옮김
줏대있는 어린이 추천 도서

17. 푸른 황무지 데이비드 알몬드 글/ 김연수 옮김
안데르센 상, 엘리너 파전 문학상, 스마티즈 상, 마이클 L.프린츠 상, 어린이도서연구회 권장 도서

18. 킬리만자로에서, 안녕 이옥수 글
학교도서관저널 추천 도서

20. 기억 전달자 로이스 로리 글/ 장은수 옮김
뉴베리 상, 보스턴 글로브 혼 북 명예상, 어린이도서연구회 권장 도서,
열린 어린이가 뽑은 좋은 책, 교보문고 추천 도서

22. 내 인생의 스프링캠프 정유정 글
세계청소년문학상, 문화관광부 교양 도서, 어린이도서연구회 권장 도서,
교보문고 추천 도서, 학도넷 추천 도서

23. 줄무늬 파자마를 입은 소년 존 보인 글/ 정회성 옮김
아일랜드 '오늘의 책', 행복한 아침독서 추천 도서, 교보문고 추천 도서

25. 파랑 채집가 로이스 로리 글/ 김옥수 옮김
어린이도서연구회 권장 도서

26. 하이킹 걸즈 김혜정 글
블루픽션상, 한국문화예술위원회 우수문학도서, 책따세 추천 도서, 학도넷 추천 도서

27. 지구 아이 최현주 글
제11회 블루픽션상 수상작

28. 나는 브라질로 간다 한정기 글
황금도깨비상 수상 작가, 소년조선일보 추천 도서, 중앙일보 추천 도서

29. 키싱 마이 라이프 이옥수 글
한국문화예술위원회 우수문학도서, 어린이도서연구회 권장 도서, 교보문고 추천 도서,
전국독서새물결모임 추천 도서, 학교도서관저널 추천 도서

30. 꼴찌들이 떴다! 양호문 글
블루픽션상, 행복한 아침독서 추천 도서, 교보문고 추천 도서, 책따세 추천 도서,
경기도학교도서관사서협의회 추천 도서, 중앙일보 북클럽 추천 도서

31. 우연한 빵집 김혜연 글
문학나눔 선정 도서, 학교도서관저널 추천 도서, 책따세 추천 도서, 아침독서 추천 도서,
어린이도서연구회 추천 도서

32. 생쥐와 인간 존 스타인벡 글/ 정영목 옮김
미국 도서관 협회 선정 도서, 국립어린이청소년도서관 추천 도서

33. 두 개의 달 위를 걷다 샤론 크리치 글/ 김영진 옮김
뉴베리 상, 미국 어린이 도서상, 스마티즈 북 상, 영국독서협회 상 수상작,
경기도학교도서관사서협의회 추천 도서, 학도넷 추천 도서

34. 침묵의 카드 게임 E. L. 코닉스버그 글/ 햇살과나무꾼 옮김
스쿨 라이브러리 저널 선정 최고의 책, 에드거 앨런 포 상 노미네이트,
경기도학교도서관사서협의회 추천 도서, 아침독서 추천 도서

35. 빅마우스 앤드 어글리걸 조이스 캐럴 오츠 글/ 조영학 옮김
스쿨 라이브러리 저널 선정 최고의 책, 미국 도서관 협회 선정 최고의 청소년 책,
뉴욕 공립 도서관 추천 도서, 학교도서관저널 추천 도서

36. 서쪽 마녀가 죽었다 나시키 가오 글/ 김미란 옮김
소학관 문학상, 일본 아동문학가협회 신인상, 한국간행물윤리위원회 청소년 권장 도서,
어린이도서연구회 권장 도서, 아침독서 추천 도서, 책따세 추천 도서

37. 닌자걸스 김혜정 글
전국학교도서관담당교사모임 추천 도서, 아침독서 추천 도서

38. 첫사랑의 이름 아모스 오즈 글/ 정회성 옮김
안데르센 상, 제브 상

39. 하니와 코코 최상희 글
블루픽션상, 사계절문학상 수상 작가, 학교도서관저널 추천 도서

40. 파랑 치타가 달려간다 박선희 글

제3회 블루픽션상 수상작, 학교도서관저널 추천 도서, 아침독서 추천 도서,
어린이도서연구회 권장 도서, 책따세 추천 도서, 문화체육관광부 우수교양도서

41. 나는, K다 이옥수 글

학교도서관저널 추천 도서

42. 어쩌자고 우린 열일곱 이옥수 글

한국도서관협회 우수문학도서, 학교도서관저널 추천 도서

43. 앉아 있는 악마 김민경 글

44. 최후의 Z 로버트 C. 오브라이언 글/ 이진 옮김

뉴베리 상 수상 작가

46. 줄리엣 클럽 박선희 글

제3회 블루픽션상 수상 작가, 대한출판문화협회 선정 올해의 청소년 도서,
한국도서관협회 선정 우수문학도서

47. 번데기 프로젝트 이제미 글

제4회 블루픽션상 수상작

48. 뚱보가 세상을 지배한다 K.L. 고잉 글/ 정회성 옮김

마이클 L. 프린츠 아너 상

49. 파랑 피 메리 E. 피어슨 글/ 황소연 옮김

미국학교도서관저널, 미국도서관협회 선정 청소년 분야 '최고의 책',
학교도서관저널 추천 도서, 책따세 추천 도서

50. 판타스틱 걸 김혜정 글

제1회 블루픽션상 수상 작가, 대한출판문화협회 선정 올해의 청소년 도서,
고래가 숨쉬는 도서관 선정 도서, 한국도서관협회 선정 우수문학도서,
경기도학교도서관사서협의회 추천 도서

51. 어쨌거나 스무 살은 되고 싶지 않아 조우리 글

제12회 블루픽션상 수상작

52. 우리들의 짭조름한 여름날 오채 글

마해송 문학상 수상 작가, 한국도서관협회 선정 우수문학도서,
국립어린이청소년도서관 추천 도서, 경기도학교도서관사서협의회 추천 도서,
2017 순천시 One City One Book 선정 도서

53. 웰컴, 마이 퓨처 양호문 글

제2회 블루픽션상 수상 작가, 대한출판문화협회 선정 올해의 청소년 도서,
경기도학교도서관사서협의회 추천 도서

54. 초록 눈 프리키는 알고 있다 조이스 캐럴 오츠 글/ 부희령 옮김

미국 내셔널북어워드, 오헨리 상 수상 작가, 경기도학교도서관사서협의회 추천 도서,
국립어린이청소년도서관 추천 도서

56. 메신저 로이스 로리 글/ 조영학 옮김

뉴베리 상, 보스턴 글로브 혼 북 명예상 수상 작가, 경기도학교도서관사서협의회 추천 도서

59. 고백은 없다 로버트 코마이어 글/ 조영학 옮김

전미 도서관 협회 선정 청소년을 위한 최고의 책,
퍼블리셔스 위클리 선정 최고의 책, 북리스트 편집자의 선택

61. 개 같은 날은 없다 이옥수 글

2013 서울 관악의 책 , 목포시립도서관 추천 도서 , 울산남부도서관 올해의 책,
책따세 추천 도서, 한국간행물윤리위원회 청소년 권장 도서, 한국도서관협회 우수문학도서,
국립어린이청소년도서관 추천 도서

63. 명탐정의 아들 최상희 글

제5회 블루픽션상 수상 작가, 문화체육관광부 우수교양도서

64. 갈까마귀의 여름 데이비드 알몬드 글/ 정회성 옮김

안데르센 상, 엘리너 파전 문학상, 카네기 상, 휘트브레드 상 수상 작가

65. 파랑의 기억 메리 E. 피어슨 글/ 황소연 옮김

67. 하필이면 왕눈이 아저씨 앤 파인 글/ 햇살과나무꾼 옮김

카네기 메달, 가디언 어린이 픽션 상

68. 반드시 다시 돌아온다 박하령 글

제10회 블루픽션상 수상작, 학교도서관저널 추천 도서, 세종도서 문학나눔 선정 도서

69. 원더랜드 대모험 이진 글

제6회 블루픽션상 수상작, 국립어린이청소년도서관 추천 도서, 아침독서 추천 도서

70. 나는 일어나, 날개를 펴고, 날아올랐다 조이스 캐럴 오츠 글/ 황소연 옮김

미국 내셔널북어워드, 오헨리 상 수상 작가

71. 칸트의 집 최상희 글

제5회 블루픽션상 수상 작가, 아침독서 추천 도서, 세종도서 문학나눔 선정 도서

72. 태양의 아들 로이스 로리 글/ 조영학 옮김

뉴베리 상, 보스턴 글로브 혼 북 명예상 수상 작가

73. 마법의 꽃 정연철 글

푸른문학상 수상 작가, 세종도서 문학나눔 선정 도서, 학교도서관저널 추천 도서

74. 파라나 이옥수 글

학교도서관저널 추천 도서, 사계절문학상 수상 작가, 책따세 추천 도서, 국립어린이청소년도서관
추천 도서, 세종도서 문학나눔 선정 도서, 아침독서 추천 도서

75. 그 여름, 트라이앵글 오채 글

마해송 문학상 수상 작가, 국립어린이청소년도서관 추천 도서, 아침독서 추천 도서

76. 밀레니얼 칠드런 장은선 글

제8회 블루픽션상 수상작, 학교도서관저널 추천 도서, 아침독서 추천 도서

77. 아르주만드 뷰티 살롱 이진 글

블루픽션상 수상작가, 한국출판문화진흥원 우수 콘텐츠 제작 지원 당선작

78. 굿바이 조선 김소연 글

79. 신이 죽은 뒤에 윌 힐 글/ 이진 옮김

80. 당첨되셨습니다 - SF 앤솔러지 김상효 오정연 전혜진 정재은 홍준영 곽유진 홍지운 이지은 이루카 이하루 글

81. 순례 주택 유은실 글

⊙ 계속 출간됩니다.